思想◇山水◇人物

日本·鶴見祐輔·著

魯迅譯

一九二八年·上海北新書局印行

思想·山水·人物

日本 鶴見祐輔 著

魯迅 譯

上海 北新書局 印行

1928

題記

兩三年前，我從這雜文集中翻譯「北京的魅力」的時候，並沒有想到要續譯下去，積成一本書冊。每當不想作文，或不能作文，而非作文不可之際，我一向就用一點譯文來塞責，並且喜歡選取譯者讀者，兩不費力的文章。這一篇是適合的。爽爽快快地寫下去，毫不艱深，但也分明可見中國的影子。我所有的書籍非常少，後來便也還從這里選譯了好幾篇，那大概是關于思想和文藝的。

作者的專門是法學，這書的歸趣是政治，所提倡的是自由主義。我對于這些都不了然。只以爲其中關于英美現勢和國民性的觀察，關于幾個人物，如亞諾德，威爾遜，穆來的評論，都很有明快切中的地方，滔滔然如瓶瀉水，使人不覺終卷。聽說青年中也頗有要看此等文字的人。自檢舊譯，長長短短的已有十二篇，便索性在上海的「革命文學」潮聲中，在玻璃窗下，再譯添八篇，湊成一本付印了。

原書共有三十一篇。如作者自序所說，「從第二篇起，到第二十二篇止，是感想；第二十三篇以下，是旅行記和關于旅行的感想。」我于第一部分中，選譯了十五篇；從第二部分中，只選譯了四篇，因爲從我看來，作者的旅行記是輕妙的，但往往過于輕妙，令人如讀日報上的雜俎，因此倒減却移譯的興趣了。那一篇「說自由主義」，也並非我所注意的文字。我自己，倒以爲瞿提所說，自由和平等不能並求，也不能並得的話，更有見地，所以人們只得先取其一的。然而那却正是作者所研究和神往的東西，爲不失這書的本色起見，便特地譯上那一篇去。

這里要添幾句聲明。我的譯述和紹介，原不過想一部分讀者知道或古或今有這樣的事或這樣的人，思想，言論；並非要大家拿來作言動的南針。世上還沒有盡如人意的文章，所以我只要自己覺得其中有些有用，或有些有益，于不得已如前文所說時，便會開手來移譯，但一經移譯，則全篇中雖間有大背我意之處，也不加刪節了。因爲我的意思，是以爲改變本相，不但對不起作者，也對不起讀者的。

我先前譯印廚川白村的「出了象牙之塔」時，辦法也如此。且在後記裏，曾悼惜作者的早死，因爲我深信作者的意見，在日本那時是還要算急進的。後來看見上海的「革命的婦女」上。元法先生的論文，纔知道他因爲見了作者的另一本「北米印象記」裏有贊成賢母良妻主義的話，便頗責我的失言，且惜作者之不早死。這實在使我很惶恐。我太落拓，因此選擇也一向沒有如此之嚴，以爲倘要完全的書，天下可讀的書怕要絕無，倘要完全的人，天下配活的人也就有限。每一本書，從每一個人看來，有是處，也有錯處，在現今的時候是一定難免的。我希望這一本書的讀者，肯體察我以上的聲明。

例如本書中的「論辦事法」是極平常的一篇短文，但却很給了我許多益處。我素來的做事，一件未畢，是總是時時刻刻放在心中的，因此也易于困憊。那一篇裏面就指示着這樣脾氣的不行，人必須不凝滯于物。我以爲這是無論做什麽事，都可以效法的，但萬不可和中國祖傳的「將事情不當事」即「不認眞」相牽混。

原書有插畫三幅，因爲我覺得和本文不大切合，便都改換了，並且比原數添上幾張，以見文中所講的人物和地方，希望可以增加讀者的興味。帮我搜集圖畫的幾個朋友，我便順手在此表明我的謝意，還有敎給我所不解的原文的諸君。

一九二八年三月三十一日，魯迅于上海寓樓譯畢記。

序言

薩凱來是並非原先就豫備做小說家的。他蕩盡了先人的遺產，苦于債務，這纔開手來寫作，終于成了一代的文豪。便是華盛頓，也連夢裏也沒有想到要做軍人，正在練習做測量師，忽然出去打仗，竟變了古今的名將了。

我們各個人，爲了要就怎樣的職業，要成怎樣的工作，生到這世上來的呢，不得而知。有些人，一生不知道這事，便死掉了。即使知道，而還未做着這方面的工作，却已死掉了的人們也很多。要而言之，我們的一生，或者就度過在這樣的「畢生之業」(lifework)的探索裏，也說不定的。

尤其是在現代日本似的處世艱難的世上，我們當埋頭于切合本性的工作之前，先不得不爲自已的生活去做事。倘在亞美利加那樣生活容易的國度裏，那麽，一出學校，有十年或十五年，足以生活一生的準備便妥當了，所以在不很跨進人生的晚景時候，能够轉而去做認爲自己的使命那一面的工作。但在日本，却卽使一生流着汗水，而單想得一家的安泰，也很爲難。于是許多人們，便只好做着並不願做的工作，送了他的一世。這便是，度着職業和事業分離的生活。再換一句話，也便是，單是生存着，却並非眞的生活着的。所以這樣的人們，除設法做着爲生存的職業之外，又營生于希求有意義的生活的不絕的要求之中。將短短的人生，度在這樣的內心的分離的境地裏，眞是悲慘的事。

然而，待到這世間成爲眞的烏託邦，我們的職業，便是恰合于我們的性格的事業的時代爲止，這情形是不得已的。倘若那時代一到，那時候，人類便都能各從其天禀的才能和趣味，潛心于自己所愛的創造底事業，在那時候，是自己的滿足，也就是對于一般社會的服務了。這樣的時代的完成，卽烏託邦的達成，應該是我們人類文化的究竟的目的。

但待到那時代的到來爲止，我們只好在現今這樣的生業和生活相分離的境地之中，熬着過活。而且只好努力設法，打進適合于眞的自己的本性的事業去。這眞的事業的探索，是我們的有意識和無意識的努力。這是眞的人生的探索。

然而也有縱使一生用力，終于不能將眞的事業，作爲自己的職業的人。不，這樣的人們倒是多的。但人類的不絕的欲求，非在什麽形態上，來探索眞事業，是不肯干休的。于是人們便開始了專門以外的工作。倘若他的專門，和他的性格恰恰相合，他便應該不想去致力于專門以外的工作了。然而他一面從事于那職業，一面又因爲還未完全用盡自己的天分，便也會對于那職業，卽俗所謂專門以外的工作，發生趣味。在確當的意義上說，則惟這專門以外的工作，却正是他的眞專門。是他受之于天的天職。他所從事的那所謂專門，是可以稱爲人職的不自然的東西。

所以古來的大事業，大抵是成于並非所謂專門家的人們之手的。在現今似的社會制度之下，也是不得已的事。

如我自己，也就是許多日子，苦于職業和生活的分離的一個人。但幸而我總算有從那爲生存而做的職業之間，將若干氣力，分給自己眞所愛好的工作的餘裕了。這一點上，我是幸福的，常常以此在自慰。這餘業，便是在書齋裏面讀書，思索，做文章。

英國的文豪威爾士，是先以小學教員起身的人，但後來試作小說，遂進了和自己的性格完全適宜的生活。這是他三十歲的時候。這不能不說，他是幸福的。關于來做小說的動機，他曾經自叙傳底地說過。曰：「我于寫英文，比什麼都喜歡。」這實在是直截簡明的口吻。他于是就寫着喜歡的英文，過那適性的生活了。

威爾士是由二十九歲時的出世作「時間機械」一篇，成爲獨立的文人，棄掉了性所不喜的生業的，然而長久之間，從事了別的職業，而于餘暇中來做畢生之業的人們也很多。如英國的思想家約翰穆勒，就是做着東印度公司的職員，直到五十二歲的。待到引退的時候，每年得到養贍費一萬五千元。從此他就悠悠然埋頭于自己的畢生之業了。

我並不如威爾士那樣，最喜歡寫文章。所以也不想選了文學，作爲畢生之業。我不過每當工作餘閒，來弄文筆，是極爲高興罷了。

大正十年（譯者注：一九二一年）的初夏，我完結了兩年零八個月的長旅，從歐美囘來。到這時止，我沒有很動筆。但此後偶然應了雜志和報章之類的囑託，頗做了一些文章，這纔玩味了對紙抒懷的樂趣。歸國後三年所記的文筆，就堆積在箱篋的底裏。覺得將這些就此散逸掉，也頗可惜，現在加以集錄，並且寫添幾篇新的東西，印了出來的，便是這一本書。只因爲赴美之期迫于目前，毫無微暇，至使略去了還想寫添的處所，是深以爲憾的。

第一篇的「斷想」，是應了「時事新報」之需，逐日揭載的。開手的時候，本想記載一點零碎的感想，但在不知不覺之間，却已非斷想，變成論文似的東西了。

這一篇，我是在論述威爾遜，穆來和英國勞動黨，以見爲英美兩國政界的基調的自由主義的精神。

從第二篇起，到第二十二篇止，是感想；第二十三篇以下，是旅行記和關于旅行的感想。

貫穿這些文章的共通的思想，是政治。政治，是我從幼小以來的最有興味的東西。所以這書名，也曾想題作「政治趣味」或「專門以外的工作」，但臨末，却決定用「思想山水人物」了。收集在本書中的「往訪的心」這一篇，先前是已經遺失了的，但藉了細井三千雄君的好意，竟得編入了。我感謝他。

對于肯看這樣的雜文的集積的諸位，我還從衷心奉呈甚深的感謝。

大正十三年七月四日晨。

在逗子海邊。

著者。

目錄

插畫對頁指明

思想·山水·人物

著者在美洲霍特生湖畔

斷想

一　落日

從麻布區六本木的停留場起，沿着電車路，向靑山六丁目那邊走，途中是有一種趣旨的。從其次的材木町停留場起，徑向霞町的街路，尤其有着特色。當冬天的晴朗的淸晨，秩父的連山在一夜裏已經變了皓白，了然浮在紺碧的空中。向晚，則看見富士山。襯着這樣的背景，連兩邊的屋頂都看得更加有趣。

昨天傍晚，我走了這一段路。忽然看見對面的街道上面，大的落日正要沈下去了。因爲帶着陰晦的光線的關係，見得好像桃紅色的大團塊。這在自己的心裏，便喚起了非常的莊嚴之感來。

我忽而想到人間的晚年。想到那顯着這樣偉大的姿態，靜靜地降到地平線上去的人。這樣的光景，是使見者的心中發生不可名言的感慨的。

這樣的人，最近的日本可曾有呢？無論怎麼說，大隈侯的晚年，是有着一種偉大的。這就如難于說明的一種觸覺一樣。先前，在美國的首都華盛頓靜靜地死去的威爾遜（Woodrow Wilson），當那最後，確也有沈降的日輪似的莊嚴。法國的亞那托爾法蘭斯（Anatole France）等，也令人發生這樣的感想。

二　畢德

然而雖然還沒有進入這樣的人生的決算期的人在中途時，也有已經使我們感到偉大的。這和圓熟的偉大，也許有些不同。似乎總有着尖角的處所。雖然是偉大，而在年青的人們中，窺見這樣的偉大的一鱗片甲的時候，尤使我們覺到難以言語形容的爽快。例如年僅二十四歲的畢德（W. Pitt），做首相的總選舉的光景之類，一定會給那時的英國人以非常的感動的。到了現在，回頭一看，他是英國第一個成功的政治家了，但在那時，他以一個後輩，與一切英國政界的巨星爲敵，單集合些第二流的政客，作了新內閣，然而忽地決行總選舉的時候，一定是見得非常之輕舉妄動的。淸貧的他，歲入僅三百磅，而不但固辭了首相應得的年俸三千磅的兼職，讓給友人，還避開了安全的選舉區，却從最危險的侃勃烈其出馬。這總選舉倘一敗，人說，他的一生，大概就要被政敵的聯合勢力驅逐于政界之外的。實在有焚舟斷橋之概。但我們却正在這樣鮮明的態度上，可以看出貫徹千古的人性的偉大來。

三　麥唐納

現在是英國的首相而勞動黨的首領麥唐納(R. MacDonald)氏，在暴風一般的喝采裏站出來了。當發表勞動黨內閣的政綱，且揚言大命一下，便于二十四小時中，奏聞新內閣的人員的時候，眞使我們受着一種悲壯之感。麥唐納身在轗軻失意的底層時，不就是三年前的事麽？他的言論惹了禍，他在戰時和戰後，怎樣地大受着反動底輿論的迫害呵。他不但受政敵的迫害，也爲勞動黨內部所反對。那時大家說，對于智識階級出身的他，是不願意給在勞動黨的領袖的位置的。不但如此，一個年青的學者對我說，連使他往議會去也不情願。不知道可是爲此，他落選了好幾回。勞動黨的副書記彌耳敦君雖曾告訴我，決沒有這樣的事，然而年青的拉思基(Laski)敎授等却憤慨道，事實是這樣。但他是英國勞動黨中唯一的天才底議院政治家，則大家的評論都一致的。

我在倫敦的千九百二十年之際，是妥瑪司和克倫士等輩的全盛期，他是埋在暗澹的失意的底裏的。我將離開倫敦的前兩日，他剛從南俄喬具亞的遠旅歸來。我雖然送了從波士頓帶來的紹介信去，但終于來不及了。不久，我沒有會見他，便離了英國。他現在是當了選，佔得議席，成爲勞動黨的首領，且將作英國的首相了，而久居逆境中，終不一屈其所信的他，到底以英國政界的第一人而出現的處所，確有着一種的莊嚴。

在置身于世情冷熱之間，勇氣滿身，戰鬪不倦的人的生涯上，是具有難于名狀的威嚴的。威爾遜當一九一九年，從巴黎的平和會議半途歸國的時候，他直航波士頓了。這地方，是反對黨首領洛俱的根據地。他就在公會堂疾呼道：「倘有和我的主義政策宣戰的人，我很喜歡應戰。因爲在我的皮膚一分之下跳動着的血液的一滴一滴，都是我祖先的傳統底戰鬪精神的餘瀝。」那鬪志滿幅之狀，眞可以說是他的全人的面目，躍然如見了。

四　迪式來黎

凡繙閱英國史者，無論是誰，總要着眼于迪式來黎（B.Disreali）的生涯。他的一生，正如他的小說一般，很富于波瀾和興趣。他的三十九年的議院生活中，三十二年以在野的政客而耗費了。這一點，他在英國首相列傳中，是逆運第一。關于他的許多逸聞之中，最引我的興趣的，是下面的話。他的多年的苦鬪，終于收了效果的一八七四年的有一天，他完畢了基爾特會堂的宴會之後，到保守黨的俱樂部去。政友來談起莊園的事情。有目覩了這情形的旁觀者，述說道：——

「我從來沒有見過那樣的奇特的表情。他顯着彷彿是看着別一世界似的，洞然的眼。」

聽了這話的一個有名的政治家，却道：——

「他那時候，是並沒有聽着鄉村的事的。他一定正在想，自己終于做了大英帝國的大宰相了。」

我一想到藏在這逸聞裏的政治家的浮沈，便感到無窮的興味。長久的格蘭斯敦的人望，漸次衰落了，在補缺選舉上，保守黨步步得勝。這不僅是人望，這是自己費了三十年功夫，建築起來的政黨組織的勝利。自己經過倫敦的街道，許多市民便追在馬車後面歡呼。而今夜又怎樣？豈不是在基爾特會堂的宴席上，自己要演說，站起身來的時候，滿堂的喝采便暴風似的追踪而起，連自己話也不能說了麼？豈不是連侍役們也將手裏的桌布，拋上空中，歡呼着麼？自己現在確已將英國捉住了。他一定是這樣想着的。倘用日本式來說，則這是他七十歲的時候。到了長久的一生的終末，他的太陽這纔升起來的。在他的堅忍不拔的生涯中，有些地方就隱現着難于干犯的偉大。

五　費厄潑賴

我常常自問自答：英國的歷史，爲什麼那麼惹起外國人的興味的呢？也常常質問各樣的英國人和美國人。然而滿足的說明，却從來沒有聽到過。

有些註釋，例如英國的政治史上，多有可作別國的模範的事實呀；英國的政治家，早已蟬蛻了地方底色采，領會了世界底氣分呀之類：都不能使我滿足。有一個英國人，說是因爲英國人才輩出之故，則更是信口開河，難敎我們首肯。只是，我們在英國史上，屢次接觸到人間的偉大。這就因爲英國是「費厄潑賴」(Fair play)的國度的緣故。參透了競技的眞諦的英國人，便也將競技的「費厄潑賴」，應用到一切社會的生活上去。恬然說謊，從背後謀殺政敵似的卑怯萬分的事，是不做的。而且，這樣的卑怯的競技法，社會也不容許。這樣的人，便被社會葬送了。所以那爭鬭，就公明起來。從中現出人間的偉大來，大概並不是偶然的事。這就因爲英國的空氣的安排，是可以使偉大的人物出現的。

六　有幸的國度

然而，愛好「費厄潑賴」的精神，不僅是因了愛好運動競技而起，是無疑的。這就因爲英國是有幸的國度。

久遠的人類的歷史，可以說，是平和的農耕人種，被剽悍的遊牧人種所征服的記錄。而被征服者的農民，則歸根結蒂，總以自己所有的文明之力，再將無學的征服者征服。但是，無學而强健的遊牧人種，用了强大的暴力，將溫順而勤勉的農耕人種强行壓倒的光景，却使人感到一種憤怒似的不愉快。宋朝之滅亡，西羅馬之沒落，是明顯的例。或如蒙古的遠征軍長驅而入小亞細亞，蹂躪了耕種于底格里斯河附近的農民，將八千年來沾潤此處的灌漑用運河破壞殆盡，遂至成爲現在那樣的荒野的故事，則雖在今日，也還使讀史者的胸臆裏感到無限的感憤的。

七　古今千年

但因爲英國是島國，所以竟免了這樣殘忍的征服之禍。十一世紀的康圭拉爾威廉的入寇，也未成文明滅絕之殃，終不過是相類的文明的接木似的結果。還和頑固無比的人種蘇格蘭人圓滿地相合，造成協力一致的國家了。比起對岸的日耳曼，因爲有東邊的斯拉夫和西邊的臘丁人的夾擊，遂無高枕而臥之暇的苦境來，眞不知有多少天幸。所以在這國度裏，歷史和傳統，都沒有中絕之患，繼續着的。和砦塞積邊的石壘一般，壘而又崩，崩而又壘的歐洲大陸的諸國有所不同，正是必然之數。

早已自覺了海是英國民的生命這一層，尤爲這國民的達見。海不但保障了他們的生存，並且藉着海，雄大了他們的思想。海是使人們偉大的。使英國的人格廣而深者，一定是海。倘不知道利用這天與的境涯，英國人決不能築起那樣的偉大來。如果雖然是海國，而沒有將這海國的天惠，十分味讀領會的力量的國民，則這國民是到底沒有在世界人文史上遺留不朽的痕迹的資格的。

以海與國，以海保障文化的國民，在過去時代有二。這都是小國。一是古代希臘的共和國，一是現在的大英帝國。這二者都是對于起自東方的專制主義底大陸軍國，站在保障自己的生存的地位上。希臘和波斯王達留斯的大陸軍戰，英國和法蘭西皇帝的拿破崙戰。而皆藉海爲助，將這威壓底大衆粉碎了。地中海文明的時代，于是便成了希臘文明的時代；大西洋文明的時代也一樣，化了英吉利全盛的時期。而這兩國的政治底傳統，就做着西洋文明的骨子。

凡以大陸軍與國的人民，說也奇怪，一定墮于專制政治，而國民各自的才能至于萎縮。藉海與國的人民却反是，在內治，是施行寬大的自由政治，常常培養着文化的淵源的。要而言之，國家既然是國民努力的總和，則壓迫了國民的自由，卽沒有可以繁榮之理；而不從國民本身的心臟中湧出的文明，也沒有會有永久的生命之理的。

羅馬帝國在初期時，氣象實在莊嚴。這就因爲羅馬人以自由農民的舉國皆兵之國而興的緣故。這一點，美國的建國當初，是很相像的。美國也是自由農民所嘗試的平民政治。然而羅馬却隨着版圖的擴大，逐漸富足起來，及至化爲第二期的冒險底富豪的躍進時代，而後年已見軍人專制之端。及蘇耳拉和瑪留斯出，則墜入第三期的職業軍人的武斷政治，自由的內政，一轉而化爲專制政治了。這時候，在羅馬史上，已沒有眞的偉大的人物出現。美國現在，是正在進向冒險底富豪的躍進時代裏去。但和羅馬的古代不同，國民的敎育普及着，所以未必會有職業底軍人全盛的時代罷。然而美國究竟能否也如英國一樣，成爲有內容的偉大的國民呢，我却還懷着不少的疑惑。在美國，是含有許多可以墮落的素因的。現在的排日法案的吵鬧，不過是末節。其所以出此的素因，是在美國的政治組織裏面的。這就因爲美國的地理底，人種底，傳統底素因，和英國全然兩樣的緣故。

現在，說也奇怪，日本是正有着和古希臘及英國相似的地理底，人種底以及傳統底境遇。天時也將如地中海時代之福希臘，大西洋時代之福英國一般，于太平洋時代福日本麽？是否利用其境遇，是繫于日本國民的决心的。

八　威爾遜之死

從此我想先寫些威爾遜的事。

生成羸弱的威爾遜，竟活到六十七歲零兩個月，用日本式算起來，就是六十九歲，實在還是意外的長壽。但從他本身的個人底得失而言，則五年以前沒有死，或者不再活六七年，是可惜的。他選而又選，却在最壞的時候死掉了。

他以美國人而論，則是瘦而長的人。從幼小時候起，因爲胃弱，曾經退過幾回學。成年以後，因了過度的用功，就容易感冒風寒，時常要頭痛。他做了大統領的時候，家裏的人們還擔憂，怕他做不滿四年的。尤其是有了想不到的歐洲大戰，有了巴黎的平和會議，所以周圍的人便以爲總不能到底安然無事。果然，他在全國游說的途中，從血管的硬化，成了半身不遂的重病了。是積年的辛勞，一時併發的。奇怪的是和列寧一樣的病狀。列寧是發病之後，不久就死了，他却躺在不治的病牀上至四年半纔死掉。運命爲什麼這樣執拗地磨折他的呢？歷來的美國大統領中，沒有一個像他那樣送了不幸的晚年的人。便是永眠之後，已在恩怨的彼岸的現在，也不能說他已經眞實地得了慰安。連死了以後，也還有人追着加以壞話和碎話。

然而這也並非單是他。華盛頓和林肯的晚年的冷落又何如？世態炎凉的激變，如美國者是少有的。現在敬之如神明的華盛頓，在職時嘗痛憤于罵詈和讒謗，曾說道，我與其爲美國的大統領，還不如求死去的平安。到林肯，可更甚了。甚至于被罵爲惡魔的化身一樣。然而二人都在生前目覩了自己的事業的成功，而且也沒有生威爾遜那樣的苦痛的病症。

當威爾遜晚年時，有着拿破崙似的陰慘的處所。正如百戰百勝的拿破崙，僅因爲敗于滑鐵盧的一戰，便被幽囚于聖海倫那的孤島上，給惡意的英吉利的小官訶斥死了的一般，威爾遜在內政上，是舉了歷代大統領所未有的功績的，歐戰時候，又顯了全世界民衆的偶像一般的威容，而在最後，國際聯盟案剛被上議院一否決，共和黨的小人輩便加以失敗政治家似的待遇，終于窮死了。

然而這悲壯的四年半的受難，也許正是天意，使他的記念，可以永久刻在人類的心中罷。用英文所寫的傳記，單是我所收集的，就有十二册。但眞使他傳于後世的事業，却應該惟有從他最後四年半的日記，言行錄，書簡集等，窺見了他淚痕如新的人這纔能夠的。

九　他的隨筆

人的眞實的姿態，是顯現于日常不經意的片言隻句之中的。威爾遜之眞的爲人，較之在他的敎令，演說，論文上，一定是他的家庭內的閒談中更明顯。其次，表見着他的，大概要算他時時在美國有名的大雜誌上發表的隨筆了罷。較之他的論文和演說，我更愛讀他的隨筆。他的隨筆集裏，有一種稱爲「不外文章」(Mere Literature)的，和馬太亞諾德的「雜糅隨筆」(Mixed Essays)，穆來卿的「評論雜集」(Critical Miscellanies)之類相似。他們三個都是從十九世紀末到二十世紀初的散文大家這一層，也極相似的。正如亞諾德和穆來以其文章，永久留遺在英國文化史上一般，威爾遜說不定也將由他的文章，在美國文學史上占得不朽的位置。但于他不利的，是只因爲他政治上的功績太顯著，于是文學上的功績便容易被人忘却了。他究竟將藉着他的才能的那一部分，留記憶于百年之後呢，這非到百年之後，是不得而知的。但我們現在由他的「冥想錄」，記得阿壘留斯（Aurelius）的名字，而那時的羅馬人，則因爲自以爲羅馬帝國者，是萬世不滅的大强國，所以對于阿壘留斯爲羅馬皇帝的名譽和爲著作家的名譽，一定是沒有想到來比較一番的。但在今日，使東洋人的我們說起來，則阿壘留斯曾爲羅馬帝國的皇帝，是不足掛齒的事，倒是一卷「冥想錄」，在人類文化上，不知道是多麼貴重的寶貝了。所以千百年後，威爾遜的名字，也許却因了他的著述或一句演說，會被人記得的罷。

從經歷而言，威爾遜應該和格蘭斯敦最相像。他的少年的時候，也彷彿十分崇拜格蘭斯敦似的。但將他的性格和事業，仔細地一研究，則兩者之間，極其不同。格蘭斯敦是屬于魯意喬治（D. Lloyd George）和羅斯福（Th. Roosevelt）的典型的，而威爾遜則可歸于周的文王，或者古希臘的貝理克來斯（Pericles）的範疇裏。他之中，有一種可以說是東洋底，高蹈底的氣分。

這一定也出于文學底情操的；這情操也就是他的性情的根本底基調。我去游歷

Woodrow Wilson

他的誕生地司坦敦這小邑的時候，便感得了感化過幼小的威爾遜的環境，是怎樣的了。這小邑是一個山村，繞以翠色欲滴的峯巒，雪難陀亞的溪流在脚下流過，聲音如鳴環珮。他生長在秀麗的山河的懷抱裏，得以悟入那幽玄的天地諸相的機緣，身邊一定是不斷的。尤其是，羸弱的他，眺着伏笈尼亞之山和加羅拉那之海，則超人間底的，出世間底的思想，大概也就自然而然地成就了。

他的愛誦英國的湖畔詩人渥特渥思（W. Wordsworth），說不定也就是因爲這些地方而起。他所愛讀的書，和亞諾德是一路的。亞諾德的愛讀書，是「聖書」和渥特渥思。對于渥特渥思，穆來卿也一樣；他在「評論雜集」裏，曾以渥特渥思爲「將靜謐，底力，堅忍，目的，惠賜于人魂中，而打開那平和的心境的人類的恩人。」這三大思想家，都汲其流于渥特渥思，也頗有惹起我們的興趣之處的。

十　政治和幽默

然而穆來卿的二大愛讀書的另一種，却不是「聖書」了。一生以無神論者終始的他的思想底背景，似乎是十八世紀的法蘭西哲學。他是參透了服爾德（Voltaire）的理性論的。法蘭西革命前期的思想家的紹介，就占着他的浩瀚的全集的大半。他這樣地和英國的寺院思想抗衡。這一點，和以牧師為父，為外祖父，自己也終生生活在「聖書」裏的威爾遜，是完全兩樣的。

除愛讀書之外，亞諾德還有和威爾遜共通的性格。就是兩人都喜歡幽默。亞諾德是明朗的幽默家。他也如羅馬的詩人訶累條斯（Horatius）一樣，相信「含笑談眞理，又有何妨」的。不但如此，他還以為作者應該使讀者快樂。他因此常常論及興趣，氣品，淸楚，愛嬌。然而他的心的深處，是解悟着這些都是方便，不過用作鼓吹道念和道理于人的一助的。

這一點，他完全和威爾遜異曲同工。威爾遜是也已經入了幽默的悟道的。和這古板的穆來卿，却完全兩樣。穆來卿也如格蘭斯敦一樣，是不懂幽默的人。他的文情，是莊重，清雅，明悒的。但若讀之終日，則大抵的人，總不免頭漲。將這和威爾遜的隨筆之溫情惻惻動人者相較，不同得很多。

只要看威爾遜的小品文「像人樣」冒頭的幾句，也就可以窺見其爲人：——

「書籍之中，最爲希罕的書籍，是讀的書。培約德（W. Bagehot）玩笑地說。且又接着說道，文章的妙法，是像人樣地寫。這是萬分明白的事，只要經驗也就知道，每年從印刷局出現的許多書，爲讀而作的，却不大有。令人思索的書，是有的罷；還有，給教訓，給智識，給喫驚，刺戟，改良，使氣憤乃至使發笑，這是也許有用的罷。然而我們的讀書——倘若具有眞的讀書家的熱心和趣味——並非想要更加博識，乃是從不情願蜷伏在小天地裏的心——正如尋求快樂者的心，而不是尋求教訓者的心——從想要看見，賞味人間世和事業世的心而起的。是由于求伴侶，求精神的更新，求思想的攝取，求頭腦的自由任意的冒險的。尤其是在求得可以訪到好友的大世界。」

他自此更進而說明所謂像人樣的事，以爲這就在成爲純眞的人，從私心解放了的人。于是指示道：——

「那麼，怎麼辦，纔可以從私心解放呢？怎麼辦，纔能夠脫出做作和模仿呢？我們可能自求爲純眞的人麼？這是只要沒有全缺了幽默之心的人，則達到這境地，是並不難的。」

懂得幽默的人，無論在怎樣的境地，都能打開那春光駘蕩的光明世界來。所謂讀書，不過是打開這境地的引子罷了。

十一　大亞美利加人歷

威爾遜和亞諾德的類似，不過如此。亞諾德一面力說民主政體，卻又極怕民主政體之墮于凡俗政治，他在「民主政體論」裏說，「所謂國民的偉大者，並非出于個人的數之多。各個人的自由而且能動，乃是生于這數目，自由，活動，被較平凡的個人所有的理想更高的或一種高尚的理想所使用的時候的。」于是以爲防民主政體的墮落者，在國家的高遠的理想，並且進而力說服從的美德，以與約翰穆勒(John Mill)的個人自由論相抗。還鼓吹德國的理想底國家哲學，說是從來使一民衆的德操向上者，是貴族，貴族既失，則代之者，乃在以國家本身爲國民德敎的中心，且以爲「這實在是防禦英國的亞美利加化的唯一的道路」云。

在這一端，亞諾德究竟是歐洲人。和威爾遜是美洲人的，根本底地不一樣。使威爾遜說起來，則亞諾德所害怕的「亞美利加化」，却正是人類的幸福。他在「偉大的亞美利加人麽」裏這樣說過：——

「生于亞美利加，育于亞美利加的偉大的人物，都不是偉大的亞美利加人。生在我們之中的大人物，也有不過是偉大的英國人的人；有些人們，則思想性行爲地方所限，或是新英洲底偉人，或是南方底偉人。倘要尋求眞的偉大的亞美利加人，則我們應該分明地創造出美國式偉大的標準和典型，選取那將這具顯了的人們。」

于是他又將亞美利加主義下了定義，說：——

「第一，是富于滿懷希望的自信力的精神。這是進步到樂天底的。而且又有要做成國民底模範的事業的功名心。沒有衒學之風，沒有地方底的氣味，沒有思索底的風習，也沒有大脾氣。雖有遵法之心，却不以法律為萬能；生氣橫溢，故敎養亦有所不足；有廣泛而寬宏的心情；决斷雖強，而能原諒人。具顯了這樣一切的性格者，林肯也。」

他就照着年代，將偉人列記下去。

他第一個舉出來的，是弗蘭克林(B. Franklin)。他這樣地說明他的特色：——

「弗蘭克林者，說起來，就是複合美國人。他是多趣味，多方面的，而人格上却有統一；一面是實際底政治家，而一面又是賢明的哲學者。他是從民衆中來的，所以是平民底。他雖然從無名的民衆中出身，是民衆底法律的擁護者，而同時又相信人間努力的差別性。」

在這里，就有亞諾德和他的思想上的不同。他是相信美國應該自成其和歐洲諸國不同的獨立的特有的發達的。他分明相信着以民衆爲基礎的美國社會的特有的使命。他徹頭徹尾是全民政治的信者。他相信民衆者，在民衆的本身中就有着可以成爲偉大的力量。

他在他的「新自由主義」裏，這樣說：

「國家的更新，是從底裏來，不是從頂上來的。只有從無名的民衆中出身的天才，總是使國民的生氣和活力一新的天才。」

這是他一生的信條。這不但是和英國人的亞諾德不同之處，也是和同是美國人的羅斯福，達孚德（W. H. Taft）不同之處。

在更其根本底的處所，威爾遜是和亞諾德不同的。這就是一個是實行家，一個是旁觀者而且是批評家。

馬太亞諾德（Matthew Arnold）的思想和文章，是風靡了當時的英國的。一八八一年三月十八日在藹黎卿的夜會的席上，天才政治家迪式來黎遇見了他 。招呼道：「在生存中，入了古典之列的唯一的英國人呀。」這是有名的話。雖然如此，而他竟不能在英國政治思想史上留下偉大的痕迹來。這又是什麼緣故呢？華拉司敎授曾在「我們的社會遺傳」中，論及這事道：——

「其理由有二。其一，是因爲德國的自由主義，支配不完德國的徹底精神。（卽德國成了軍國主義的國度，而沒有成爲亞諾德所說明那樣的理性和道念的支配的國度。）又其一，是因爲亞諾德不過講了德國的理性底認眞相和徹底相的敎，自己却沒有實行。大概，或一種理論底方法的贊助者，是應該自己實行這方法，以示模範，同時也鬧着各種的失敗的。然而亞諾德沒有做。

他也和穆勒相等，是官，他的著作，都成于辦公時間之前或之後。他又是敎育家，照例只和比自己不發達的較低的頭腦的青年往來。他也如穆勒一樣，迴避着對于政治底發見的努力。」

在這一點，他的對于人生的態度，是和威爾遜頗異其趣的。他是在幽靜的書齋裏思索，讀書，作詩，作論，旁觀人生。那風韻高超，乘風入雲一般的文體，是第三者的他，在安全地帶裏用以自娛的吟咏。至于威爾遜，則完全不同。他徹頭徹尾是亞美利加人。他並非託之隨筆，在紙上自述其雅懷；乃是將自己以爲正當，自己所欲實行的事，發表于世的。這些，都是一個一個宣戰的布告；是認眞的他的事業。一九一六年的大統領選擧戰的時候，他就將普林斯敦大學敎授時代所出版的「美國憲法論」中的「大統領論」這一章，印成了單行本。那意思，是在使世人看看他做第一期大統領時候所實行的事，和他數十年前所作的政治論是一致還是兩岐，于是加以批判，而據以作再選與否的判斷的標準。這在政治家，實在是大膽萬分，而且痛快無比的。

這是從他的思想上的根本觀念出發的。他的思想的根本，是責任論。他以個性的發揚，爲政治的基調。然尊重個性，卽不得不認個性的責任。個人的對于神的責任，個人的對于社會國家的責任，個人的對于自己本身的責任，凡這些嚴正的責任，每一個人，對于其行爲，都應該負擔的。這出現于他的政治思想上，遂成爲大統領責任論，美國議會的委員政治的無責任政治攻擊論。

所以他並非人生批評家。他的哲學，也不是書齋裏的概念游戲。這都是取以自負責任，自來實行的認眞的信仰。這一點，他是純粹的亞美利加人。他是鬬志滿幅的實際家。在晚年，帶累了他的，就是他的太多的鬬志，他的過于嚴格的責任觀念。爲大統領的重大責任的自覺，終于使他落到不治的重病裏去了。

十三　穆來

穆來（John Morley）卿和威爾遜，彷彿相似，而其實很不同。穆來卿在晚年時，批評威爾遜道：——

「亞美利加的報紙，很援助了威爾遜的理想主義呵。但是，他沒有能夠使人民改宗呀。我覺得這很可憐。抱着沒有在地下生根的理想主義的人，我是不喜歡的。」

他倒是較喜歡羅斯福。在美國人之中，他最尊敬林肯。竟至于說，那功績，格蘭斯敦還遠不及他。

同是學者底子的政治家，而二人却不相容。這在各種意義上，是很有興味的。這是因爲他們倆沒有見了面，親密地交談的緣故。他們倆都是很有脾氣的人；什麼事都有一樣道理的人。所以靠了日報和雜誌，遠遠地互相怒目而視，是到底不會了解的。那證據，就是和穆來卿同時代的，學究的政治家的普拉思卿。最初，他和威爾遜是不對的。普拉思的「美國平民政治論」一出版，威爾遜便給加了一篇頗爲嚴厲的批評。後來，普拉思到普林斯敦大學來講演，就住在正做校長的威爾遜的家裏，談得頗投機。假使穆來卿也到美國，會見了威爾遜，談些法蘭西革命前期的思想之類的事，卽一定不會再講那樣的壞話的。

穆來卿是冷靜到過于冷靜的人。喜歡十八世紀的法蘭西哲學，自己也一生以無神論者終始。既沒有幽默，也毫無感傷底的處所。而威爾遜已經有了那麽年紀，却還鬧着孩子似的玩笑，寫些感傷底的隨筆，所以他就覺得討厭不堪了罷。

穆來是近代英國所出的最可誇的人傑之一。作法律家，作新聞記者，作哲學者，又作政治家，他似的作了堅實的工作而死的人，是少有的。他評穆勒道：——

「和穆勒的聲名的浮沈一同，同時代的英國人的知能底聲名浮沈着。」

也可以移以評他自己和他的同時代的英國人的。一到不復崇敬穆來的偉大的時候，也就是英國人的知能底退步漸漸開始的時候了。

他在法蘭西哲學家康陀爾綏（M. de Condorcet）的評傳裏說，凡有志于改良社會的政治家的動機，是出于下列三者中之一的。就是：一，對于正義和純正的道理而發的理性底愛著；二，對于社會民衆的辛慘而發的深刻的愛情的情緒；三，基于烈息留似的，熱望那賢明而有秩序的政治的本能。

他以爲多數政治家，大概是混有若干這三種的動機的。但他自己，則第一的動機包藏得最爲多量，却明明白白。而威爾遜，乃自第三的動機出發。他的心裏，是有着希求賢明的政治而不已的本能的。那純理的政治哲學，倒是補出來的說明。在這一端，可以說，他和穆來卿是出發于全然不同的處所的。穆來的文章，無誇張，無虛飾，嚴正到使人會腰直，而威爾遜反是，富于波瀾抑揚，有絢爛瑰麗之迹者，大概就因爲一個是理性之人，而一個是殉情之人的緣故罷。威爾遜決不是哲學者。

十四　爽朗的南人

要窺見威爾遜之爲人，只要一檢點他的愛讀書便知道。我會見他的時候，試問道：——

「現在正讀着你所愛讀的『南錫斯台』（Nancy Stair）。還可以請敎後進可讀的別的書籍的事麼？」

這正是歐洲戰爭完結後的第四天，他要赴巴黎的平和會議的忙碌的時候。講着政治的事的他，一聽到我的質問，便顯出極其高興的神色。他是較之講公務，更愛談閒天的人，聽說往訪的新聞記者，有時談起小說來，他便非常高興，會談到忘却了正經事的。

他于是首先講起英國的政治學者培約德；其次，是講巴克(E. Burke)，迭儀生（A. Tennyson），渥特渥思。這四人，是將深的影響給于他的思想的人們，凡是研究威爾遜的人，一定非探討不可的文獻罷。

對于培約德，他曾做過一篇小品文，題曰「文學的政治家」。在這短篇裏，似乎他的性情，就照樣地流露着：——

「文學底政治家者，是兼有深識當世的時務的天才。以及和這不相遠離的用心的人。他因了知識，想像力，有同情的洞察力，所以對于政府和政策，就如看着翻開的書，然而不將自己的性格隨便參入書中，却將那書中的記事，朗誦給別人聽，以爲娛樂。」

他遂進而論及文學者常輕政治，政治家也常常輕蔑文學者，更進而說及眞的政治家，是政治的師表，于是引出培約德來。

他記明培約德生于一八二六年二月死于一八七七年三月之後，引了線，寫道：——惟三月，不是我們都情願死的月分麽。——這小品文，是距今約三十年，他三十五六歲的時候所做的。然而情願死在三月裏的他，却在寒冷的二月初頭死掉了。

我似乎懂得他情願死在三月裏的心情。這是因爲我偶然在三月間到了他誕生的司坦敦，他結婚的薩文那，他最初設立法律事務所的亞德蘭多的緣故。司坦敦這小邑，是南方的常例，日光佳麗，四圍的峯巒碧到成藍的。他所誕生的宅前，楊和櫟的枝條正在吐芽；尤其是薩文那，因爲更南，在美觀的街道上，滿開着桃花，柳樹的芽顯着嫩綠了。他的少年時代，是度在這樣秀麗的山河裏的。攜着渥特渥思的詩集，他常在河邊徘徊。後來過着北方的生活，他大概一定還神往于故鄉的景色。他全生涯是南人。所以倘是死，他就願意死在桃花盛開的三月裏。當寒冷的二月，圍繞着冷淡的共和黨的政治家們而死，無論怎麽想，總覺得是悲慘的。

他記載培約德所生的故鄉，這樣說：——

「他是生于英國東南端的薩瑪舍忒細亞的。這是小小的農園和牧場的地方。有丘，有沼，有向陽而下降的谷，潮風挾着霧，包在愉快的氛圍氣中的地方。培約德漫遊完畢之後，也說，除西班牙的西北海岸之外，天下不見有如此的地方。這樣的山河之氣，大概一定浸潤于少年培約德的腦裏，而且很渲染了他的爲人的。所以他也如這鄉國一般，兼有着光，變化，豐醇，想像的深邃。」

這也可以移作批評他自己的文章。

十五　他的女性觀

威爾遜的「培約德論」中，說着他自己的趣味性行的處所，是興味頗深的。他說：——

「培約德以得之于母的天稟的舌辯，愉悅了爲他之友的少數有福的人們。」

而培約德是短命的；五十一歲就死掉了。法蘭西的條爾戈（T. Turgot）和康陀爾綏，雖然是偶然，都死于五十一歲。以這一點而論，則威爾遜的六十七，穆來的八十六，乃是少見的長壽了。

「但雖然短命，他的生涯却是興味極深的生涯。何以呢，因爲他將一般以爲不能並立的兩件事——商務和文學——兼備于一身，而任何一面都沒有受着妨礙。」

這一點，是盎格魯撒遜文化的特徵罷。一面和實務相關，一面做着思想底工作，不就是使英國所以偉大如今日的緣故麽？嘗了實際社會的經驗的人，這纔能嘗試眞正的政論的。歷來世界的政治學上的文獻，大抵成于實務家之手。亞里士多德(Aristoteles)曾和亞歷山大王參與政治的實際；馬基雅惠利（Machiavelli）也是體驗了意大利政治的表裏之後，纔發表他的政治論的。約翰穆勒在久為公司辦事員的生活之間，編成了他的經濟論和政治論。培約德也是銀行的辦事員，過着平板的生活，而觀察着社會的實相。在學者中，像威爾遜那樣對于實社會的問題有着興味者，是少有的。然而，假如他並不從大學校長一躍而為州知事，為大統領，在他生涯的初期，略度一點做議員的實際生活，則他之為大統領的治績，後來當不至于有那樣的蹉跌的罷，這是大家所惋惜的。

威爾遜于是還論及培約德的母親。這是表現着威爾遜的女性觀的。威爾遜直到晚年，還反對婦女參政權。他在一九一七，八年頃，還抱着良妻賢母主義的思想。

待到看見了歐洲戰爭中的婦女的工作，也能和男子一般，這纔深深感服，贊成婦女參政權了；這是一九一八年九月在上議院的演說纔始聲明的。那時以前，他所推賞爲理想的女性者，是奧斯丁（Jane Austin）的小說「自負和偏見」裏叫作伊利沙白的一個年青女人，以及萊恩（E. M. Lane）所作小說「南錫斯台」的女主角。

對于培約德的母親，威爾遜曾這樣說：——

「她除容色美麗之外，還抱着給人以生氣似的優越的奇智。這樣的精神，是我們所最願見于女性的。——就是，雖使聽者爲之動而不因之怒，雖聳動人而不與以局促之感，雖使之娛樂而在娛樂中卽靜靜地隱與以教訓的精神。」她卽這樣地刺戟她的明敏的愛兒，使他起攻學之志，使他娛樂，使他努力，一生作了有益的伴侶。這事彷彿是給了威爾遜很深的印象似的，他和我談話的時候，還以幽靜的口氣說道：——

「培約德是幸福的人。他有好母親。」

威爾遜是始終想念着女性的感化之及于偉大的男性的事的。

十六　培約德論

培約德愛倫敦的市街。他是都會的讚美者。人間生活研究者的他，愛着都會生活，是當然的。離了人間，即無政治。這一層，他是有着可作政治學者的天稟的性情。所以他，從沒有離開倫敦至六星期以上，說不定這也是他之短命的一個原因。

他是繼承了父業，做着船主和銀行家的事的，到後來，則做了有名的經濟雜誌「倫敦經濟家」的主筆。從這時候起，這雜誌便占了歐美兩大陸的財政金融問題的指導者的地位，人們至于稱培約德為無冠的財政大臣了。這時候，他還和朝野的名士交遊，目覩英國財政界的情誼，就作了那名著「英國憲法論」。這一卷書，眞不知怎樣地影響了威爾遜的政治思想，因此也不知道怎樣地影響了美國現代政治史。

「培約德最使我們佩服之處，是他有着諒解下根之人的力。具有瞭解比自己知能較低的人們的力與否，是眞的天才的試金石。他以多年參與實務的關係上，知道實務家的資格，是存于簡潔的義務心和徑直的忠實心。因爲有此，所以世間是安定的，成爲可居的世界。支配這世界者，是平凡人，這事，他是領解着的，而他還具有瞭解這些平凡人的能力的。」

威爾遜于是進而對于平常人加以詳細的說明；終于得到結論道，眞的成功的政治家，是平凡政治家。他寫道：——

「使一般平凡人，覺得即使自己來做，也不能更好的政治家，是立憲治下最占勢力的政治家。」

他更進一步，以爲使社會統一結合之力，是沒有生氣的平凡的判斷力：——

「所以，培約德說過的。惟有羅馬人和英吉利人似的沒有智慧的國民，能長久成爲自主底國民。這是因爲既無智慧，也無想像力，不想另外試行一點新的事，這國便自然長久繼續下去了。」

培約德也這樣說：——

「所謂立憲政治家之典型者，有平凡的思想，有非凡的手段的人之謂也。」

而且以不爾（Robert Peel）爲最好的例子。

羅拔不爾這人，我以爲是有趣的研究的對象。批評過不爾的迪式來黎的話有云：「不爾是欠缺想像力的政治家。」這是因爲迪式來黎自己是極富于想像力的政治家的緣故，所以深切地覺出了不爾的這一個弱點的罷。然而許多歷史家說，不爾在英國之爲議院政治家，是無人可與比肩的第一的人傑。我自己想，倘將這英國首相不爾，和原敬來比較其時代和人物，大概可以成就一種很有趣的研究的罷。

威爾遜對于想像力——Imagination——曾有有趣的研究。他以爲想像力有兩種，一是創造的想像力，又其一，是理解底想像力。前者是空想，後者是理解。于是更將理解底想像力分爲二分，其一，是照着行動的前路的燈火，又其一，是電氣似的刺戟奮發人的力。培約德屬于前者，嘉勒爾（Th. Charlyle）屬于後者。

Walter Bagehot

「培約德不像嘉勒爾那樣焦躁，憤怒。他比嘉勒爾更有正視事物的力。他知道愚笨的力量和價值。」

培約德是悟入了東洋之所謂「運根鈍」的眞諦的。魯鈍者，是國家社會的礎石，因爲有此，所以人間能夠繼續着平凡的共同生活，而自治的政治得以施行下去的。

威爾遜這樣地對我說過：——

「我常常被人責難，以爲太不聽別人的意見。然而我這樣地當着大統領，施行政治，是爲着亞美利加全國的人們的。卽使會見了聚在這首都裏的少數的政治家，又有什麽用呢？我倒不如當決定大事的時候，就關在這屋子裏，安靜地冥想起來。我是純粹的亞美利加人。所以我就去問在我的心底裏的眞的亞美利加人的意見。亞美利加的一平民，對于這問題，是怎樣想的呢，自問自答着。這樣地所得的我的決心，是亞美利加人全體的決心。不是住在華盛頓的少數政治家的決心。所以我無論受了怎樣的責難，也不迷惑的。因爲大統領是全國民的公僕呵。」

將這幾句話　和培約德的議論一比較，那一致符合之迹，是歷歷可見的。

要而言之，威爾遜者，是偉大的平凡人。

十七　新時代的開幕

和威爾遜之死同時，亞美利加將分劃一個時期，從此進向別的時代去了罷，我很覺得要這樣。也可以說，他是亞美利加的新時代的開幕的人。然而要更切帖，則也可以將他算作亞美利加的舊時代的收束的人　。亞美利加從此一定將以非常的速力，變化起來。而從這新的亞美利加受着最大的影響者，是日本。所以我們一面讚歎威爾遜的人物和時代，一面也應該刮目看着將來的美國的新性的。

要而言之，這是人口和土地的問題。

哈佛大學的教授伊思德博士在他的近作，稱爲「立在歧路上的人類」這一部書裏，曾切言從今再過七十六年，卽一到紀元二千年，則地球上的人類當達三十五億，而人類生活遂陷于非常的困難。這原不是必待教授而後知道的事。人口和食物的問題刻刻加緊，是我們在最近十年間的日常生活上所經驗的。以前的美國，是在那廣大的沃野上，生活着寥寥的少數人。所以美國的內政外交，卽都以肚子飽着的國民爲基礎。這時代，不妨說，已以威爾遜的治世八年爲結局，永久逝去了。和此後的日本人有交涉者，乃是人口逐漸充滿起來的新美國。

英國的政治家麥珂來（Th. B. Maca lay）卿，是沒有贊成十九世紀初在英國的選舉法擴張的。人以美國的普通選舉爲例，去詰問他。他立卽揭破道：——

「今日的美國，實行着民主政體，略無障礙者，因爲美國有無限的自由土地的緣故。一到將來，喪失了這自由土地，苦于沒有可耕之地的時候，這纔可以說，到了試驗美國政治家的眞手段的時候了。」

當南北戰爭的數年前後，他給美國的友人的書翰中，也說着一樣意思的話。這達見，到了今日，纔始漸爲美國上下所認識了。

第三代大統領哲斐生，也抱着和麥珂來相同的見解。他在一七八一年的年底，寫給駐在巴黎的美國公使館書記官馬波亞的信裏，曾力陳「主農論」，以爲：——

「耕地的人們，是神的選民——倘若神是有選民的——神在他們的胸中，貯藏着質實純粹的德操。」

遂更進而主張道：——

「關于製造工業的執行，則願以歐羅巴爲我們的工場罷！」

他是怕由工場勞動者的增進，成爲美國國民德操低降的原因 而以農民的道德，爲國家的基礎的。但是，我們于此所當注意者，是他之所謂農民、乃是自作農民，在大體上，卽是中地主的意思。這是他和麥珂來所論的歸一的地方。

這二大政治家，是不約而同，將美國民主政體的基礎，歸之于自作農民的道德和經濟生活的。就是說，惟在美國有無限的空地，凡有肩一把鋤的男人，都能成爲頂天立地獨立不羈的地主的時代，纔能望美國民主政治的發達。羅馬建國之初，也是自由而平等的自作農民的國家。羅馬的衰亡，是始于自作農民因了大資本家的壓迫，喪失其自由的時候的。

選出威爾遜，支撐威爾遜的政策者，是這些美國中西部一帶的農民，然而美國的國本，在暗中推遷了。自作農民被大地主所壓迫，逐漸變爲賃耕農民了。農業勞動者漸次從田園移到都會的工場去。于是和從來全不相同的東歐諸國的移民，則作爲工場勞動者，而流入美國。一到美國的人口從一億增到二億的時候，便已經不是先前似的單是盎格魯撒遜系的農民。這時候，轉旋亞美利加的政治家，已不能是威爾遜了，當這時候，世界是在入于太平洋時代。

十八　拉孚烈德

今年秋天的總選舉，誰當選爲美國的大統領呢，是頗有興味的問題。

現在揭出姓名來的候補者之中，三人各有不同的特色，牽引我們的注意。一個，是現任大統領的共和黨的柯列芝(C. Coolidge)，又一個，是民主黨的麥卡陀(W. G. McAdoo)，此外的一個是聽說要組織第三黨的拉孚烈德 (Robert Morion la Follette)。

以紐約爲中心的東方一帶的資本家，希望柯列芝的再選，是當然的。他那樣的平凡的政治家，不很給政局以變化，所以惹起我們的興味也不多。

但到民主黨的麥卡陀，却完全兩樣了。他雖然曾是服爾街的財權的顧問律師，而中塗却頗顯明了進步主義的色彩。做着威爾遜內閣的財政總長的他的治績，是被稱頌爲哈彌耳敦以來的能手的。做着戰爭當時國辦的鐵路的總理的他，很改善了勞動者的待遇，頗使許多資本家氣憤。尤其是退職之後，一有鑛山勞動者同盟罷工的事，他便從紐約的事務所突然發表了聲明書，列舉了有利于坑夫的數字，這越使資本家氣憤了。他就被攻擊，說是想做大統領，所以去買勞動者的歡心。但他對于這樣的政敵的攻擊，完全不管，只是如心縱意的做。他在財政總長時代，娶了年青的威爾遜的女兒作爲後妻，尤給他的政敵以攻擊的材料。所以威爾遜在世時候，他是不出來候補的。他還有一個政敵，叫作麥可謨。這年青的麥可謨，是使威爾遜選爲大統領的最有力的人。然而他想做檢事總長而不得，固辭了駐法大使，終身怨着麥卡陀，在不遇之中窮死了。一九二〇年的大統領豫選會時，他還于病後特到舊金山來，爲擊破麥卡陀而奮鬬。但在威爾遜去，麥可謨去了的今日，麥卡陀的星頗有些亮起來了。他的腦也許比威爾遜好罷。但在思想上，總不見得是威爾遜的後繼者。

最惹世間的興味的人，倒是拉孚烈德罷。他是眞正老牌的亞美利加人；是一世的快男子。他在威斯康辛州的知事時代，曾以他的進步的設施，聳動了全美的視聽。達孚德的大統領時代，他曾率領了上議院的謀叛組，屢陷達孚德于窮地。一九一二年的共和黨大統領豫選會時，他被羅斯福摔了一交；于是深恨羅斯福。美國對德宣戰以前，他高唱着平和論，震撼了一世。開戰以後，全國民的迫害遂及于他和他的一家；終于連將他逐出上議院的議席的動議都提出了。但他却毅然和所有迫害抵抗，爲眞理和自由而奮鬬。

因爲威爾遜在平和會議和歐洲的政治家妥協，失了人望之後，全美國自由主義者的人心，便逐漸歸向拉孚烈德去。一九二〇年的總選舉，帶着社會主義色彩的農民勞動黨，將推他爲大統領候補者。但他因爲自己是自由主義者而非社會主義者，將這拒絕了。到一九二二年的選舉，在美國上下兩院的共和黨的多數一減少，他所率領的第三黨，遂隱然握了美國政界的 casting vote（決定投票）。這離他幾乎被逐于上議院的時候，不過五年而已。世上炎涼之變，是可觀的。

他是短身材，赭色臉的，眼光爛爛，一見像是小獅子似的風采。而議論風發，一激昂，便抓住對手的肩頭，向前直拖過去。初會的時候，我沒有留心，幾乎被從椅子上拉下去了。其時他正講着農民的苦境，感慨之極，所以隨手亂拉近旁的人的。其次，他又一面講着什麽事，忽然站起，用力一拉我的左脚。我用兩手緊揑着椅子，踏住了。他於是就在屋子裏轉着走。對於自己的議論一激昂，他彷彿就完全忘其所以似的。那天眞爛漫的毫無做作的樣子，眞使我深深佩服了。

他是精力的塊似的人；不熄的火團似的人。單是這一點，來做應該冷靜的行政長官，也許就不合式。但我想，這樣的人，是只在亞美利加纔能有的。在目下亞美利加的過渡期，他和羅斯福似的人，是應時代的要求而生的。而這樣的人一增加，於是美國和英國的差異，也就逐漸明瞭起來了。

十九　使英國偉大的力

這回英國勞動黨內閣的出現，其給予全世界的感動，是很不平常的。去今正是十九年前，我是第一高等學校的學生，曾以非常的感慨，遠眺着班那曼內閣的出現。而且心跳着讀了登在那時定閱的「評論的評論」上的威廉斯台德所作的新內閣人物評。青年卡諦爾繼老張伯倫之後而為植民次長，工人出身的約翰朋士做了閣員，都以爲是希罕的事件。然而較之這回的勞動黨內閣的出現，却還要算溫暾得很了。尤其是，英國總是不待革命，而秩序整然地順應着時勢的變化，進行下去的樣子，我以爲是大可羨慕的。

倫敦維多利亞停車場略南，在遏克斯敦廣場的勞動黨本部的光景，就記得起來。那三層的煤黑的磚造屋子裏，充滿了忙碌地出入的人們了罷。高雅的顯泰生的笑容，刻着長久的苦戰之痕的麥唐納的深刻的表情，一定從中可以看見。想起來，歷史是很久了。十九世紀初頭的急進黨徒（Chartist）的運動姑且勿論，最初送兩個勞動者議員到議會去，距今就正是五十年。而終於到了勞動者在貴族崇拜的英國裏，組織獨立的內閣的時候了。這也可以說是比俄國革命，比德國革命，有更深的意義的。因爲和穆勒所說的「不知過去而加以蔑視的新機軸，都容易以反動收梢」的話的意義，可以比照。過去的傳統，我們是不能全然脫離牠而生存的。蔑視了過去的激變，必遭這過去的力所反噬，撥回到比以前更甚的反動政治去。這是世界歷史已經指示過我們許多囘的教訓。然而英國這囘的政變，却如成熟的果實，從枝頭落下似的自然。所以不像會後退；更何況以反動政治收梢那樣，是絲毫也不會的。

原因該有種種罷，但在我的眼中，以爲最大的理由者，乃是因爲英國人已經悟入了中庸的道德。所謂 moderation（中庸），是英國民的眞性格。他們于凡有政治，文學，經濟，外交，都無不一貫以中庸之德。身體壯健而意志強固的他們，病底的極端，無論作爲思想，作爲行爲，是都不容納的。無論什麼時候，總取平均。史家房龍評古希臘道：「中庸之道，始於希臘。』然則也可以說，在近代，領會了這事者，是英國。現在試細看英國勞動黨內閣出現之迹，也就可以窺見英國人的通性的 moderation 的發露。所以並無歐洲大陸諸國的激變那樣的演劇味，而同時也沒有那些國度似的反動底後退之憂。

德國既敗北，結了停戰條約的這一夜，美國的思想家華爾博士忽然對我說：——

「何以後進的德國，敵全世界而敗，富強四百年的英國，交全世界而勝的呢？」

更自己對答這問題道：——

「一言而盡。曰：moderation。德國不知中庸之德而自亡，英國常留着二分的寬裕，而掌握了世界的霸權了。」

少頃之後，他於是又說道：——

「日本所可以學學的，是這一點。」

二十　女王的盛世

勞動內閣的出現，倒並沒有很給我感興。最使我發生感慨的，是直至勞動黨內閣出現爲止的路徑；是曾以議院政治頒給全世界的英國，現在又將以新的政治的原則和實際底活用頒給全世界的一件事。

這要而言之，是菲賓協會（Fabian Society）的人們的四十年努力的結果。是繼續了四十年質實艱難的努力，到底得了今日的收穫的。那達見，誠意，粘韌的底力，實在使我們敬服。

在倫敦勞動黨本部裏，和副書記密特爾敦君談天的時候，他突如說：——

「英國勞動黨的本體，是六百五十萬人的勞動組合員。然而轉旋這六百五十萬人的動力，是四萬人的獨立勞動黨員。而指導這四萬人的政治家者，則是僅僅四千人的菲賓協會會員。菲賓協會是英國勞動黨的頭腦。」

自己以筋肉勞動者出身的密特爾敦的這些話，是含着深的意味的。

菲賓協會的歷史，是從一八八三年十月二十四日，十六個靑年男女，聚會在倫敦的股票交易所員闢司君的小小的家裏的時候開始的。從此隔一星期聚集一回，作社會問題的硏究，這就是起源。這也不過是無名的靑年們的集會。然而奇怪，從此同志竟逐漸增加，發表了深邃的硏究，遂隱然成爲從英國的思想界，擴大而轉動世界的思潮這模樣了。但是，于此也有兩個大原因，助成了這幸運的發達的。

其一，是時代；又其一，是人物。就是，當時的英國，是在最合于這樣的硏究團體的發達的境遇上，而會員之中，又來了惠勃夫婦 Sidney and Beatrice Webb)，來了培那特蕭（Bernard Shaw），來了華拉司（Graham Wallas），來了阿里跋（Sydney Olivier）。這些人們，現在是已經成就了可以將永久的痕迹遺留史上的事業了，而在當時，則全是無名，無產的青年。然則映在這些富于感激性的純潔的青年男女的眼中的當時的英國，究竟是怎樣的狀况呢？

這正是迪式來黎的光怪陸離的六年間的內閣已經倒掉，格蘭斯敦的第二次內閣成立得不多久，而那密特羅裏征戰的獅子吼，還在鳴動于全英國的時分。正是外以迪式來黎的外交的手段，國威大張，內由格蘭斯敦的道德底熱情，民心振起的時候。尤其是維多利亞女王年屆六十四歲，盛年時的劇烈的氣象，將漸入圓熟之期，民望日隆的時代。

斯忒律支在被人稱爲不朽的名著的「維多利亞女王傳」裏，記載那時的女王，這樣說：——

「慌張忙碌的日子過去了。時光的難測的撫觸，已現于女王的臉上。年邁靜靜地前來，置溫和的手于女王之上。頭髮的顏色，從灰色變成銀色了。在漸漸圓熟中，容顏漸增了溫婉。略肥而低的身體，藉着杖子徐行。而同時，女王的身上也起了變化了。迄今爲止，許多年以批評底，較確，則不如說是以反感對女王的國民的態度，都一變了。」

這樣子，內外兩面，都到了英國的繁榮時代。

所以英國有名的評論雜志「旁觀報」，在一八八二年夏的志上，這樣說，——

「英國未嘗有今日似的平和而且幸福。」

然而全英國的青年的胸中，却有難以抑止的煩惱。而這漲滿了英國全土的青年的煩惱，遂產生了菲賓協會。

二十一　菲賓協會生

所謂這漲滿了英國全土的青年的煩惱，是什麼呢？就是一見似乎達了平和幸福的絕頂的當時的英國，而那深處，却萌芽着激烈的思想底動搖。而且當老年的英國人和中年的英國人們陶醉于英國的繁榮之際，青年們却睜開了銳利的心眼，洞見了正在變化的一種時代相。

當時的青年們，是失望于政治家了。那結果，是青年的心完全從政黨離開。對于政治家之無學和政黨的無定見，無話可說了。而使當時的英國青年煩惱者，尤其是沒有思想底指導者，他們常感着彷徨于暗夜的曠野上似的寂寞。

威爾士（H. G. Wells）在那「世界史大綱」裏，喝破道：「英國在十九世紀後半五十年間，被叫作格蘭斯敦這一個無學的政治家所支配。」這雖似奇矯之言，而實不然。格蘭斯敦精通希臘的古典，是確鑿的；他懂得神學，也確鑿的。但作爲十九世紀後半的政治家，則他却缺少最要緊的知識。這一點，他的政敵而貴族黨的首領迪式來黎的識見，要高明得多。迪式來黎是在那小說「希比爾」裏，已經豫見了將要起來的社會運動的。抱着比這兩人更進步的思想的政治家，是年青的約瑟張伯倫。但這快男子後來却一轉而埋頭于帝國主義了。以政界的巨人，尙且這樣地對于社會問題並無理解，則在當時的英國，別的羣小政客之盲聾于變遷的時代相，不問可知。所以一見似乎泰平無事的維多利亞女王後期，其實乃是孵化着當來的暴風雨的重大的時代。

老年中年的人們和青年的思想底分離，在家庭爲尤甚。父母和子女之間，因思想底差異而起的衝突，是不絕的。到處重演着家庭的悲劇。這是達爾文的進化論發表後二十三年。可以稱爲「人文史上的大革命」的大發見，于老人們却並無影響。在老年中年的人們，比這窮學者的著作，倒是內閣大臣的演說和大富翁的意見，不知道要切要得多少倍。但在純潔的青年，則達爾文的原則，却是萬分重大的事業。較之一時的富貴權勢，更其尊重貫萬世的眞理的發見的青年們，遂爲達爾文的進化論所感奮了。斯賓塞和赫胥黎這些學者，又來祖述了以指導民心。然而中年以上的人們，對于這些學者的著作却不加一顧。于此遂有了老年和青年的思想底反目。

和達爾文並駕，震動了當時的青年的思想，是法蘭西的哲學者恭德的新理想。他的人道主義，被看作暗夜的炬火一般。這是從根本上變革從來的社會組織，而建設以純正的理性爲根據的新社會的新福音。要而言之，無論是達爾文，是恭德，都是對于碰壁的十九世紀的文化，給與一大轉向的獅子吼。

加以顯理喬治的單稅論，又從美國的一角響過來了。這又震動了英國的青年。他們已經不能像先前一樣，安住在傳統和習慣裏，過那不加思索的生活了。

這一年——一八八三年，是約翰穆勒死後的第十年。當時的英國人對于穆勒所抱的感想，我們是連想像也不能够的。穆勒的一言一語，實有左右當時英國的社會思想之觀。穆勒一死，青年們就失其師表了。而穆勒所遺的著作則甚動人，成爲崇拜的中心。穆勒在那「經濟學」上，用了表敬意于社會主義的寫法，卽給了青年以深的印象，使青年生出加以研究的意思來。就在這一八八三年的三月十四日，馬克斯死在倫敦了；但馬克斯對于當時的菲賓協會的創設者們，却並無影響。

菲賓協會是在這樣的雰圍氣中產生的。因爲在時代的底裏所伏流的急潮，震動了强于感受的青年的心胸，使生這樣的感想：——

「英國若照原樣，是不行的。」

菲賓協會竟至成立爲一種會，是其翌年，一八八四年的一月四日。

二十二　惠勃

從菲賓協會正式成立起，至英國勞動內閣的成立，恰需整四十年。這一定是他們立這協會的時候，所未曾夢想的罷。他們所决議的會的目的，是：——

「成立依最高尙的道德底基礎，以再造社會爲究竟的目的的會。」

當選定名稱時，依波特摩亞的提議，稱爲菲賓協會。這意思，是說，凡有志于社會改良者，當如羅馬的名將菲彪斯(Fabius Ouintus)之戰班尼拔爾(Hannibal)，用常避銳鋒，以逸待勞之策，遂于最後的一戰，大敗班尼拔爾似的，在羽翼未成時，和强大的舊勢力作正面衝突，是愚蠢的。當以逸待勞。我們當無論多少年，也隱忍自重。因此，遂定了這名稱。果然，他們隱忍了四十年之久，到底造成勞動黨了。無名青年的努力之不可侮，這就是證據。

但在當初，他們是沒有什麽定見的。不過以爲這樣下去，總歸不行，爲確保人類生活的幸福計，應該改造現社會。這也可見他們並非空疏的誇大妄想狂的一羣。爲這樣的主義而戰鬬的確信，也未曾一定的。僅是抱着謙虛而誠實的煩惱和懷疑。

他們隔星期會集一次，朗誦自作的論文，並且互相批評。後來漸漸發行小本子，頒布于各地了。這樣莫名其妙的團體，何以成長發達到這樣的呢？這是因了下列的兩個原因的。第一，是合于時代的要求，而且走了別的同類團體的先著；第二，是會員中得了有爲的青年。

協會的正式成立這一年的五月十六日，叫作培那特蕭的二十七的青年初次出席；九月五日，遂被選爲會員。他忽然現了頭角，翌年一月二日，卽當選爲幹部的一員了。其年的五月一日，植民部的小官什特尼惠勃（現內閣商務大臣）入會。這在菲賓協會的歷史上，是可以記念的日子。爲什麽呢？從此以後，他的功績之顯著，至于要分不淸是菲賓協會的惠勃呢，還是惠勃的菲賓協會了。和他同時，又有同是植民部的小官什特尼阿里踆（現內閣印度事務大臣）入會。其翌年一八八六年四月，叫作格蘭華拉司的靑年入會。于是菲賓協會的四枝柱子就齊全了。

那時惠勃還是二十六歲的靑年。他並不踐大學的正規的課程，而應各種的競爭試驗，顯示着優秀的成績。在往考植民部的文官高等試驗，走到試驗場時，一個大學出身的應試者看見這矮小而穿着不合式的衣服的靑年，誤爲官廳的小使，託他做事，他便昂然回答道：——

「我同你一樣是應試的。」

而且在數百人的競爭者之中，他以第二名的成績合格，進了植民部了。然而官僚生活，他是不能滿足的。他便孳孳地研究經濟學。在菲賓協會裏，他逐忽以頭腦的明晰拔羣。從此菲賓協會的文獻，便幾乎都成於他一人之手。七年後，他三十三歲的時候，當選爲倫敦市會議員，於是離開官界，而作爲不羈獨立的思想家，開始了一半政治，一半學究的生活了。英國有了新的社會主義的研究，虧他之處是很多的。威爾士做的小說「新馬基雅惠利」中，用了阿思凱培黎這姓名而出現的就是他。成於威爾士之筆的培黎卽惠勃的印象，是：——

「阿思凱並沒有他夫人那樣的體面的風采。

「然而是結實的矮小的人，圓的下部突出的平得異樣的寬廣的，平平滑滑的臉，一見也如額在臉中央的一般。」

我會見惠勃的時候，他已經六十歲以上了；但就如威爾士所寫那樣的人。威爾士還寫出培黎君的特徵道：——

「一從著作得了錢，卽刻增加起書記來，是這人的化費，用許多助手，做着各種精密的調查，時錶的針似的勤勉的人。」

這樣子，用了在海底裏築起珊瑚島來的蟲一般的熱心，惠勃將改造英國的文獻，默默地完功而去了。

二十三 蕭

較之惠勃的陰沈的書齋生活，蕭的活動，是熱鬧的。他的存在，眞不知道要給菲賓協會多少明亮。不但此也，假使沒有他，菲賓協會被威爾士蹂躪了也說不定的。他和威爾士的爭鬧，是學究底的菲賓協會史中的一個大場面。

現在雖然是世界的大文豪的蕭，但在年青時加入菲賓協會的時候，却也曾刻苦，也曾用功。只要看他自己所寫的處所，就可以想見他努力的痕迹。是有志於政治和社會運動者所當熟讀玩味的文章：——

「我執拗地巡行着，只要有討論會和市邊的小討論會演說會，便去講演，至于使朋友們以爲發了瘋了。有時是開一個擬國會，自己當作地方局總裁，提出菲賓協會內閣的法案去。每日曜日，一定要講一通自己所要研究的題目。這樣地漸漸對於地租，利子，利潤，保守主義，自由主義，社會主義，共產主義，勞動組合主義，民主政體這些問題，可以無需稿子，能夠演說，也纔始領悟了社會民本主義，而且能夠向無論怎樣的聽衆，都從聽衆的地位上，向他們說敎了。（中略）

「凡是有志於研究社會主義的人，倘沒有將一週間的兩三晚上用在演說和討論上的熱心，是不行的。倘想得到世間的知識，則非有卽使用了怎樣齷齪的，零碎底方法，也要得到牠的覺悟不可。也上戲場，也跳舞，也喝酒，也向情人的交際，倘沒有無處不往的元氣，就不成。倘不這樣，是到底不能成一個眞的思想宣傳家之類的。」

他是用了這樣的情熱，纔成了英國數一數二的雄辯家的。便是今日，也說在英國誰都比不上蕭的善于談論。這是青年時代這樣火一般的熱心的練習的獎賞。民主政治之世，是言論和文章的時代；寡頭政治之世，是面談的時代；官僚政治之世，是事務的時代。孰好孰壞的區別是沒有的。要而言之，是遇到了那時代的人們的幸不幸。這里無非說，蕭是生在英國那樣的民衆政治的國度裏，磨練了他文章和辯論的武器，風靡着一世罷了。

他一面練習辯論，一面也以文章爲非賓協會盡力。從這協會所發表的所謂「非賓論文」，曾經蕭的推敲的很不少，所以除內容充實之外，也以文字之洗鍊動人。從一八八四年起至一九一五年止的三十一年間，協會所發行的論文計一百七十八篇，單行本十九本。其中蕭的論文十三，單行本一；而成于惠勃的手者，則論文三十八，單行本四。他們黽勉之迹，卽此可以窺見了。

協會自此又進而活動于倫敦市政；作爲全國底運動，則努力于八小時勞動問題，且試行地方游說，設支部于各地，在各大學內也設起支部來。自此更與自由黨相聯絡，參畫國政。但一八九三年獨立勞動黨一成立，菲賓協會員加入者頗多。一九〇〇年，勞動代表委員會成；至一九〇六年，這改稱英國勞動黨，遂即被包含于這大組織中，一直到現在。

二十四　威爾士

菲賓協會的歷史中，頗有興味的一齣，是威爾士和別的老會員，尤其是和培那特蕭的大鬧。

威爾士的成爲菲賓協會員，已經頗屬後期了，在一九〇三年的二月。比惠勃和蕭的入會，要遲到十八九年。而那入會的動機，則如他的「二十世紀的豫想」的一九一四年版的序上所說，是由于惠勃夫妻的懇切的勸誘的。其文云：——

「從寫了這書以至今日之間，我嘗出入于菲賓協會。（原注：這 anticipation 是一九〇一年纔出版的，屬于威爾士初期的創作。）現在回想起那時的突然的入會和大鬧的退會來，也是有趣的事。那時候，我是毫不知道那個協會的。然而這書，以及其次所作的『發達途上的人類』，却將惠勃夫婦引到我的世界裏來了。這兩人坐着脚踏車，趕忙從倫敦那邊跑來，對于我的著作加以批評，並且勸告說，入菲賓協會去，給同人們以刺戟罷。」

這「趕忙從倫敦那邊跑來」的一句，光景躍如，使人髣髴如見惠勃夫婦和威爾士的會見，是有名的文字。當時是脚踏車的全盛時代，一想到連那謹嚴的惠勃也坐了這東西，趕忙跑來了麼，我們便覺得浮出輕輕的微笑。

于是威爾士遂成了菲賓協會的一員。其時是一九〇三年的二月。

一九〇六年二月九日，他在協會的聚集時所朗讀的，是有名的題作「菲賓同人的弱點」的論文。他攻擊歷來的因循姑息的方針，且謂倘欲有大貢獻于社會改造，則當中止了現在似的地下室運動，而堂堂地打出天下去。因爲那文詞之有生氣，思想之有新機，他的數語，忽然惹起會內的大問題了。和其時相前後，英國正舉行總選舉，自由黨以大多數破了保守黨；新起的勞動黨則從十一人一躍而爲五十二人。

菲賓協會爲審查威爾士的提案，任命出特別委員來。這特別委員會的報告書，以一九〇六年年底發表，一併也發表了從來的理事會的反對意見書。討論從這時起至翌一九〇七年春止，續行了前後七回。那議論，是威爾士和蕭的個人底白兵戰。天下的視聽，集中于菲賓協會，會員加到前年的五倍，即加添了一二六七人了。威爾士朗誦他的原稿，至一小時。是他一流的名文。但可惜的是他全沒有演說的技巧。其翌週，培那特蕭即試加以有名的駁論。作爲討論家，這兩個文豪，是不能相比較的。蕭的雄辯，將威爾士的所說斫得體無完膚。在聚集了一時天下的視聽的菲賓討論會上，威爾士于是大敗了。菲賓協會是幾乎被新來的威爾士所蹂躪，因蕭的雄辯而得救的。人說，假使威爾士是雄辯家，則英國的社會主義史怕要完全兩樣了罷。他自己回想當時，以蕭的態度爲不可解。至一九〇八年的九月，他便退出協會了。

威爾士在菲賓協會的活動，和他的退會同時告終。他並非可以跼蹐于一定的圖體內的性格的人物。天才都如此，他是有着難禦的奔放性的。所以與其使他爲團體的一員，倒不如爲獨立不羈的評論家，爲新意橫溢的著作家，更可有多所貢獻于社會。他是死于菲賓協會裏，而復活于英國論壇上了。他的六十卷的小說，評論，歷史，時評，將作爲二十世紀初頭的人類生活的記錄，永久留在文化史上的罷。

二十五　喫着烙雞子

知道了勞動內閣成立的一瞬間，浮上我的腦裏來的，不是麥唐納，也不是顯泰生，却是年青的滔納君的模樣。我想，滔納現在做着什麼呢？

初見滔納君的時候，是去今三年以前，卽一九二〇年秋十月。倫敦的秋易老，哈特公園的叢樹，那黃葉日見其臨風飄墜了。通過了威斯忒敏司達寺左手的，古風的中世紀一模一樣的門，順着紅磚路，就走到一個廣庭。四面有熏滿煤煙的磚造的房子。這地方是典斯耶特。我就在那三號的簡素的屋子的地下室裏，會見了滔納。

這地下室，是木桌旁邊圍繞着十二把粗木椅的食堂。一邊是一個大的火爐，就在那里打開三四個雞卵來，做烙子雞給人喫。是凡有對于勞動黨有同情的學者們，以每水曜日一點鐘爲期，在這里聚會，和一盤烙雞子一起，啜着一杯加啡，縱談一切的處所。

基爾特社會主義的提倡者科爾（G. D. H. Cole），霍勃生，現在做了衛生次長的格林渥特，濟木曼，呑啤會堂的主幹邁隆，滔納等思想界的新進們，都聚到這里來的。也因了他們所聚會的地名，稱爲紅獅廣場同人。

我的第一的目的，是在會見科爾。我對于年未三十，而震驚了全世界的科爾，是抱着强烈的好奇心的。科爾君走來坐在先到的我的左側的時候，我不覺局促起來了。還是我大三四歲。這麽一想，我就覺得深的羞愧之情。被介紹之後，暗暗地注意一看，是長身材的瘦而蒼白的青年。似乎是神經質，看去總是像學者。我便覺到評論家拉特克理夫君在全國自由黨俱樂部裏，吐棄似的所說的：——

「科爾麼？科爾是野心家呵。勞動內閣一成立，會說要做總理大臣的罷。」

的話，完全是壞話。科爾君不像是那樣的人。我一面這樣想，一面默默地喫着烙雞子。

門推開了，橐橐地走進一個男人來。不甚合式的衣服和泥汙的靴；不知道幾天不梳了，長着亂蓬蓬的頭髮，不剃的臉上，是稀疏的髭鬚。這奇怪的男子窘促地在別人的椅子後面繞了一轉，便在我右手的恰恰空着的椅上坐下了。

于是領導我的梭勃君紹介道：——

「喂，滔納，鄰座是從日本來的鶴見君呢。」

我纔知道這原來是滔納（R. H. Towney），注意地察看他。試問倫敦各處的任何人，只有滔納的壞話一回也沒有聽到過。連那辛辣的拉特克理夫君，也激賞道：

「滔納是了不得的。他是一無所求而從事于勞動運動的。」

我想，那滔納，原來是這樣一個隨隨便便的人麼？

他有着腴潤的紅紅的面龐，微笑着，默默地喫起烙雞子來了。

二十六　滔納

喫完東西以後，我和希爾敦君到勞動部，討了統計之類，囘到旅店來。這一晚，看着威爾士的小說「莊嚴的探索」就過去了。後來雖然躺在牀上，却總是睡不着。因爲不知怎地，彷彿覺得觸着了英國的眞髓似的。

在巴黎的客舍裏過了半年之中，漸漸深感到英國的偉大。從紐約越大西洋以看英國，又從巴黎越英法海峽以看英國，英國的偉大，逐漸覺到了。我常常在賽因河畔徘徊，一面想：英國何以成了那麼偉大的國度的呢？這偉大性的秘密，在那里呢？而到底似乎捉住了這秘密的本相，于是便整頓行李，渡到倫敦來。

我每去訪問人，總提出這一個質問：「請舉出代表現代英國的生命的五個人名來。」那囘答是有趣的。魯意喬治，諾思克理夫（Northcliffe），這是大概一致的。

其次是小說家威爾士，這也大抵一致的。其次的兩個便很各別了。

在牀上想來想去的時候，于是聽到橐橐地叩門的聲音。跳起來開門一看，侍役拿着一封信立在外面，是倫琪君寄來的回信：——

「回答你所詢問的五個人：魯意喬治，諾思克理夫，威爾士，還有科爾和安該勒（Norman Angell）。」

我不禁爽然了。評論家的倫琪君，舉出年青的科爾和平和論者的安該勒來麼？英國人的說話眞可以。這人名使我很感動了。

這一晚無論如何總是睡不着。便試將感想隨便寫在手帖上，這是我的積習。在這晚上，心裏總塞着滔納的事。安該勒是偉大的，科爾也偉大的。然而使英國偉大起來的，豈非倒是滔納那樣的人麼？這樣的感想，在心裏充滿了。

我無端想起王政維新的事來。于是又想到大化改新的事。這兩個時期，是日本民族驀進的，跳躍的可誇的時期。那時候，是靈感了天啟的青年們，六七為羣，聚在各處，辦着新時代的準備的。一種純粹的感激，像是不可見的手，將他們一步一步推向前方了。恰如今天會見的壯年們的那樣。我忽然想，西鄉南洲這人的年青時候，不就如滔納似的人麼？我並且任憑着自己的感激，試作了一篇「滔納之歌」一流的東西。因爲覺得不願意用散文寫。抄在這里的價値是沒有的，但現在重讀起來，單是我，却便記起那夜的各種的感想。

二十七　政治是從利權到服務

這些人們，是想着悠久的人類的運命的。五十年後，無論是他們，是我們，都要化了白骨，成爲黃土的罷。眼前的小得失，小波瀾，都要消得無影無踪的罷。但是滔納和科爾的工作，是一定要年年增大的。他們生得不徒然。他們大約也要死得不徒然。他們是要永久活在人類文化史裏的。這些人們的達見，和純一無垢的精神，是永遠培植英國的力。

滔納是在比利時戰場上死過一囘的，但延長了不可思議的生命一直到現在。所以他自己就算作已死之身，獻出全人來，以從事于社會運動。毫無所求的服事的精神，是拘囚了這壯年的靈魂的。映在並無私心的他的眼裏的現代社會，是怎樣的呢？他在近作「基于獲得心的社會的弊病」裏，曾指摘出現代社會以個人的物質底利慾心爲基調，而不本于眞的服務之念來。他這樣說：——

「所謂現代的文明的重荷者，並不如許多人所想似的，在產業產品的分配的不公平，經營的專制主義，以至關于其施行手段的深刻的衝突。眞的弊病，是在產業占了太出格的重要地位。產業者，不過是獲得我們的生活資料的一種手段。而將這當作彷彿比別的一切人類活動更其重大的東西，于此就有現代社會的弊病。恰如十七世紀的人們，以宗教爲人類最大的事業，發生戰爭一般，現代的人們以產業爲人類生活的最重大事，是錯誤的。所以要矯正現代的弊病，則當使各人明白經濟的利益不過是人類生活的一部分，而得財者，乃是一種手段，將用以另達別的偉大的目的。就是應該改造社會，使各個人的經濟活動能力，隸屬于更高尙的社會底服務。」

這看去很是平凡的眞理，他是用了精密的實行手段說明着的。這就是說，要從以經濟底權利爲本的社會，改造成以社會服務爲本的世界。而且因爲是滔納，所以那一言更有千鈞之重。從碰壁的十九世紀的物慾全盛的世間，現在是出現了這樣的靑年，正潛心于英國的社會改造了。這不和我們的王政維新的歷史很相像麼？

英國的勞動黨內閣，是以這樣的偉大的背景出現的。使政治思想的根柢，從利權轉向服務去的運動，是英國最近的政變的基調。這單是僅止于英國的運動麼？

（一九二四年二月至三月記。）

專門以外的工作

一

思想是小鳥似的東西，忽地飛向空中去。去了以後，就不能再捉住了。除了一出現，便捉來關在小籠中之外，沒有別的法。所以我們應該如那亞美利加的文人霍桑（N. Hawthorne）一般，不離身地帶着一本小簿子，無論在電車裏，在喫飯時，只要思想一浮出，便即刻記下來。

要而言之，所謂人生者，是這樣的斷雲似的思想的集積。

二

我想，思想和我們的實際生活之間，彷彿有着不少的間隔。也許這原是應該這樣的。因爲我們的生活，是想要達到我們所思索之處的努力的繼續。但卽使如此，思索和生活之間，是應該有一脈的連鎖的。而社會思想和社會生活之間，尤其應該有密接的關係。然而事實却反是，我們常常發見和實際生活相去頗遠的社會思想。有時候，則這思想和實生活全不相干，而我們却看見牠越發被認爲高尙的思想。而且大家並不以這樣的事情爲極其可怪，是尤使我們驚異的。

三

但是，仔細一想，也可以說是毫不足怪。人類之于眞實的意義上的自由，是從來未曾享受過的，常在或一種外界的壓迫之下過活。所以我們就怕敢自由地思索，自由地發言。這傾向，在所謂專制政治的國度裏，尤其顯著。因此，在專制政治的國中，我們不但不能將所思索者發表，連思索這一件事，也須謹愼着暗地裏做。尤其是對于思索和實行的關係上，是先定爲思索是到底沒有實行的希望的。于是思想便逐漸有了和實生活離開的傾向；就是思索這一件事，化爲一種知能底游戲了。所以閱讀的人，也就稱這樣的游戲底技巧爲高遠，越和實生活不相干，就越受歡迎。英國的自由思想家約翰穆勒所說的「專制政治使人們成爲冷嘲」，就是這心境。

四

此外也還有社會思想和實生活隔離的原因。這就是思想這件事，成了專門家的工作。因爲我們的街頭的生活，和所謂思想家的書齋的生活，是沒交涉的。我並非說，數學和天文學應該到街頭去思索。我不過要指出社會問題和倫理哲學問題等，只在離開街頭的書齋裏思索的不健全來。

我們在今日，還歎賞數千年的古昔所記述的古典的含蓄之深遠。這就因爲當時的先覺者們，還不是專門的思想家的緣故。所以那思索，是受着實生活的深刻的影響的。那文字之雄渾和綜合底，也可以說，也自有其所由來之處。

五

我們通覽古來的社會思想家，而檢點其經歷，便可得頗有興味的發見。稱爲東洋的學問的淵源的孔子，在壯年時代，是街頭的實行家。稱爲西洋文明之父的亞理士多德，也曾和亞歷山大帝在實際政治裏鍛鍊過。雖有各種的誹難，而總留一大鴻爪于政治學說史上的瑪基亞惠利，是過了長久的官吏生活的人。經濟學家的理嘉特是股票商，英國政治學者的第一名培約德是銀行家。此外，則英國自由思想家的巨擘穆勒是商業公司的職員，文明批評家馬太亞諾德是教育家等，其例不止一二。

在這里，我們就發見深的教訓。就是：凡偉大者，向來總不出于以此爲職業的專門家之間。

六

這是因爲專門家易爲那職業所拘的緣故。在自己並不知覺之間，成就了一種精神底型範，于是將張開心眼，從高處大處達觀一切的自由的心境失掉了。所謂「專門家的褊狹」者，便是這個。歐洲戰爭開始時，各國爲了職業底軍人的褊狹，用去許多犧牲。又如俄國的革命，德國的革命，那專門底行政官的官僚的積弊，也不知是多麼大的原因哩。學問的發達，亦復如此。從來，新的偉大的思想和發見，多出于大學以外。不但如此，妨害新思想和新發見者，不倒是常常是大學麽？跼蹐于所謂大學這一個狹小社會裏的專門學者，在過去時代，多麼阻害了人類的文化的發展呵。宗教就更甚。人類在尋求眞的信仰時，想來阻止他的，不常是以宗教爲專門的教士的偏見麽？

我們雖在現今，也還驚眺着妨礙人類發達之途的專門家的弊害。而且以感謝之心，記憶着這專門家的弊害達到極度時，總有起而救濟的外行人出現。劃新紀元于英國的政治論者，不是一個銀行的辦事員培約德的「英國憲法論」麽？以新方向給近代的歷史學者，不是一個藥材行小夥計出身的小說家威爾士麽？而且專門家們，怎樣地嗤笑，冷笑，嘲笑了這些人們之無學呵。但是，世間的多數者的民衆，對于這些外行人的政治論和歷史論，不是那麽共鳴着，贊同着麽？

一九二〇年的初夏，我目覩了英國勞動黨將非戰論的最後通牒，遞給那時的政府，以阻止出兵波蘭的外交底一新事件的時候，以爲是世界外交史上一大快心事，佩服了。那年之秋，我從巴黎往倫敦，會見英國勞動黨的首領安瑪司時，談及這一事；且問他英國勞動黨的外交政策，何以會有這樣的潑剌的新味的呢？安瑪司莞爾而答道：——

「這是因爲我們用了新的眼睛，看着英國的外交的緣故。」

以新眼看外交，在他的這話中，我感到了無窮的興味。英國勞動黨的生命之源就在此。他們是外行人。

因此，我對于專門底思想家以外的人的思想，學者以外的人的學問，軍人以外的人的軍事論，官吏以外的人的行政論，是感到深的興趣的。大抵陳舊的環境，卽失了對于人們的精神，給以刺戟的力量。在慣了的世界裏，一種頹廢的氣分，是容易發酵的。我們爲從這沒有刺戟的境涯中蟬蛻而出起見，應該始終具有十二分的努力。而且對于從這樣新境涯中出來的思想和發見，也應該先有一種心的準備，能給以謙虛的傾聽。倘有了那樣的大模大樣的居心，以爲專門家坐在高的寶座上，俯視着外行人這地面上的勞役者，是不對的。在世間日見其分業化，專門化了的現代，就越有更加留意于專門家以外的思想的必要。

七

然而專門家以外的思想有着各種弱點的事，却也應該注意的。專門家的立說，其用心甚深，故雖無大功，而亦無大過。專門家以外的人之說則反是，因爲大膽，卽容易一轉而陷于無謀的獨斷。但這是普通可以想到的事。我們所更該留心的外行人的思想底缺陷，還有一點在。

講到專門以外的意見時，我們須在念頭上放着兩種的區別。就是，所謂外行人者，是另有專門的呢，還是別無什麼專門的職業的人。前一種，是對于自己專門以外的問題，有着興味而工作者，例如醫學家的森鷗外之作小說。反之，後一種是不愁自己的生活的人，因爲趣味，却研究着什麼事。就是並不當作職業，只爲嗜好，而研究，思索着什麼的人。這委實是在可羨的境涯中的人們，就是被稱爲「有閒階級」的人們；是英語所稱爲 independant gentleman（獨立的紳士）的階級。從來之所謂文明呀，文化呀，大抵是這些有閒階級之所產的。人說，集積了不爲生活所累，一味潛心于思索的人們的勞作，乃形成了今日的我們的文明。一面和生活奮鬬，而仍有出色的貢獻的人們，自然也有的，但是稀見的例外。

我在這里所要說的，並非那樣的有閒階級的勞作。是一面爲自己的生活勞役，而一面又有貢獻于他的專門職業以外的問題的人們的事績。于此更加一層限制，是有着別的工作，而却有所貢獻于社會諸學的人們的事。

八

支配了英國的十九世紀後半的社會思想的人們之中，有約翰穆勒，和馬太亞諾德。這兩個，都是爲了生活而有着職業的人。所以這兩個思想家，是所謂在工作的餘暇，調弄文筆的。關于穆勒，講的人很多，我在這里不說了。所要說的，是馬太亞諾德。

馬太亞諾德被推爲近代英文界的巨擘，有英國的散文，到他乃入于完璧之域之稱。英國的天才政治家迪式來黎于一八八一年頃，在一個夜宴上會見亞諾德，招呼道，「在生存中，入了古典之列的人呀，」是有名的話。他的文章，就風靡了英國上下到這樣。他之對抗着當時盛極的穆勒的自由主義思想，牽德國的學風，以談比自由更高尚的道念的支配，理知的勝利也，眞有震動一世之概。將從漸漸窒礙了的自由思想轉向進步底保守思想的當時的英國，和他的思想共鳴，可以說，也非無故的。

但是，有着這樣的文章和思想，他竟不能在英國的政治思想上留下一個偉大的痕迹，又是什麼緣故呢？在這里，我們就發見那努力于專門底職業以外的事業的人們所容易陷入的弊竇。一言以蔽之，則曰：亞諾德疲憊了。他也如穆勒一樣，為生活而勞動，竊寸暇以著作的人。所以他的文章，大概是一天的職務完畢後所做的；就是作于他的新銳的精神力已被消費之後。因此，雖以他那樣的天才，而較之埋頭于其事業，傾全精魂以力作的人們，在力量上，當然已不免有了軒輊了。

九

作為比這更大的理由，算作他的弱點的，則為他是敎育家。凡是對于專門以外的事，有着興味的人，所當常有戒心的，是當他奉行他眞有興味的事業，卽奉行他

Matthew Arnold

的眞的天職時，他又常蒙其專門的職業的影響。就是這一個重大的事實。尤其是在亞諾德，看那職業怎樣地影響了他的思想和文章，頗是一種極有興味的研究。

他是教育家。所以職業所給與他的環境，大抵是思想未熟的青年。在指導薰陶着這些青年之間，他便不知不覺，養成了一切教育家所通有的性癖了。就是，凡有度着僅以比自己知識少，思索力低，于是單是傾聽着自己的所說，而不能十分反駁的人們爲對手的生活者，即在不經意中，失却自己反省的機會，而嚴格地批判自己的所說的力，也就消滅了。所以亞諾德雖然懷着天稟之才，也失了將自己加以反省和研鑽的習慣。思想的發達，是出于受了四面八方的反擊，而和牠力爭，抗論之中的，在什麽都是唯唯傾聽的聽衆裏，决無能夠一樣地發達之理。故爲人師者，是大抵容易養成獨裁底，專制底，獨斷底思索力的。

然而用之當時，眞有效力的思想，却並非這樣的片段的思想，而應該是更其洗練，更其鍛鍊的。亞諾德的思想，却正缺少這從同年輩，同知識的人們的攻擊而生的鍛鍊。因此，他的思想便勢必至于多有奔放之想，奔放之言。這就使他在實際社會上不留他的言說的實蹟。

同一意義的事，我們也可以見于新井白石，王安石，威爾遜。關于這些人們的事業的成敗，許多批評家往往單純地以「因爲是學者」一語了之。但因爲是學者，卽迂遠于當世的事務，是决無此理的。那眞的理由，倒在送半生于學窗下的人們，卽一向繼續着未受反駁的思索。于是雖然辦着當世的事務，而一遭同一知力的政敵的反駁，便現出柔脆的弱點來了。侃斯教授敍述巴黎平和會議的光景的文字中，也曾指摘過威爾遜對于魯意喬治和克理曼沙的捷速的駁論，缺少卽刻反駁的機轉，而訥訥不能說話的事來。以威爾遜那麼的天才，那作爲學者而專和青年相對的半生的習慣，倘且將一世的事業都滯累了。

十

雖然有這許多缺點，而亞諾德在英國文學史，政治思想史上的功績，也還是不能沒的。他的散文，只要英語存在，總要作爲英文學中的寶玉，永久生存的罷。比起做教育家的他的事業來，倒是因爲做文人的他的餘技，在文化史上貽留不朽之名的。這樣看來，則我們雖然埋頭于日常衣食的生活中，而竊取半宵的閒事業，却也許未必一定是閒事業罷。

天下有藉父祖的產業，能將二六時盡用于所好的事業者，是幸福的人。但是，一週七日中的六日，雖然用于糊口之道了，而尚有所餘的一日，則還可以不必深憂人生。我們能夠善用了這一日，使天稟的本來面目活躍。與其以爲因爲沒有餘暇，遂不能展天賦之才，而終日咒詛社會組織，孰若活用着我們所有的半日，即將人生的精魂，擲進職業以外的餘技裏去之爲愈呢。

十一

能過專門的職業，適合于天賦的藝能和好尙的生活者，是幸福的人。因爲他就可以在自己的職業中，發見安心立命的境地。但卽使對于專門之業，並不覺得滿心的幸福，也是無妨的事。因爲他能竊取零碎的餘暇，發見那生活于專門以外的事業的眞的別天地的。

（一九二三，八，一〇）

徒然的篤學

一

「像亞伯那樣懶惰的，還會再有麽？從早到晚就單是看書，什麽事也不做。」鄰近的人們這樣說，嘲笑那年青的亞伯拉罕林肯。這也並非無理的。因爲在那時還是新墾地的伊里諾州，人們都住着木棚，正在耕耘畜牧的忙碌的勞役中度日。

然而軀幹格外高大的亞伯拉罕，却頭髮蓬鬆，只咬着書本，那模樣，確也給人們以無可奈何，而又看不下去的感想的。于是「懶亞伯」這一個稱呼，竟成了他的通行名字了。

我在有名的綏亞的「林肯傳」中，看見這話的時候，不禁覺得詫異。那時我還是第一高等學校的學生。此後又經了將近二十年的歲月了。現在偶一回想，記起這故事來，就密切地嘗到這文字中的深遠的敎訓。

讀書這一件事，和所謂用功，是决不相同的。這正如散步的事，不必定是休養一樣。讀書的眞的意義，是在于我們怎樣地讀書。

我們往往將讀書的意義看得過重。只要說那人喜歡書，便卽斷定，那是好的。于是本人也就這樣想，不再發生疑問。也不更進一步，反問那讀者是否全屬徒勞的努力了。從這沒有反省的習慣底努力中，正不知出了多少人生的悲劇呵！我們應該對于讀書的內容，仔細地加以研究。

二

像林肯那樣，是因爲讀書癖，後來成了那麼有名的大統領的。然而，這是因爲他並非漫然讀書的緣故；因爲他的讀書，是抱着傾注了全副精神的眞誠的緣故。他是用了燃燒似的熱度，從所有書籍中，探索着眞理的。讀來讀去的每一頁每一頁，都成了他的血和肉的。

但我自己，却不願將讀書看作只是那麼拘束的事。除了這樣地很費力的讀書以外，也還可以有「悠然見南山」似的讀書。所以，就以趣味爲主的讀書而言，也不妨像那以趣味爲主的圍棋打球一般，承認其得有陶然的心境。

只是在這里，我還要記出一個感想，就是雖然以讀書爲畢生的事業，而終于沒有悟出眞義的可憫的生涯。這是可以用一個顯著的實例來敍述的：——

英國的大歷史家之中，有一個亞克敦卿(Lord Acton)。他生在一八三四年，死在一九〇二年，所以也不能說是很短命。他生于名門，得到悠游于國內國外的學窗的機會，那天稟的頭腦，就像琢磨了的璞玉一般地輝煌了。神往于南意大利和南法蘭西的他，大抵是避開了霧氣濃重的倫敦的冬天，而讀書于橄欖花盛開着的地中海一帶。他的書齋裏，整然排着大約七萬卷的圖書；據說每一部每一卷，又都還有他的手迹。而且在餘白上，還用了鉛筆的細字，記出各種的意見和校勘。他的無盡藏的知識，相傳是沒有一個人不驚服的。便是對于英國的學問向來不甚重視的德法的學者們，獨于亞克敦卿的博學，却也表示敬意。他是格蘭斯敦的好友，常相來往，議論時事的人。他將政治看作歷史的一個過程，所以他的談論中，就含有誰也難于企及的深味。

雖然如此，而他之爲政治家，却什麼也沒有成就。那自然也可以辯解，說是他那過近于學者的性格，帶累了他了。但他之爲歷史家，也到死爲止，並不留下什麼著作。這一端，是使我們很爲詫異的。這馬蟻一般勤劬的碩學，有了那樣的教養，度着那麽具有餘裕的生活，却沒有留下一卷傳世的書，其中豈不是含着深的敎訓，足使我們三省的麽？

很窮困，而又早死的理査格林（John Richard Green），在英國史上開了一個新生面。我們的薄命的史家賴山陽，也决不能說是長壽。但他們倆都遺下了使後世青年奮起的事業。然而亞克敦卿却不過將無盡藏的知識，徒然搬進了他的墳墓而已。這明明是一個悲劇。

他是竭了六十多年的精力，積聚着世界人文的記錄而死的。但他的朋友穆來卿很歎惜，說是雖從他的弟子們所集成的四卷講義錄裏，也竟不能尋出一個創見來。他的生涯中，是缺少着人類最上的力的那「創造力」的。他就像戈壁的沙漠的吸流水一樣，吸收了智識，却并一泓清泉，也不能噴到地面上。

同時的哲人斯賓塞，是憎書有名的。他幾乎不讀書。但斯賓塞却做了許多大著作。這就因爲他並非徒然的篤學者的緣故。

（一九二三，十，十二。）

人生的轉向

這是眞實的事。

十月末的寒風，在戶外颯颯作響。只燃着兩隅的方罩電燈的大房裏，很有些黯澹模樣。暖爐裏的火忽然生燄，近旁便明亮起來。

在亞美利加人中不常見的淡雅的主人，屋子裏毫不用一點强烈的顏色。樸素的木製的桌椅，都塗作黑色；牆壁是淡黃的；從窗幔到畫幅，都避着惹眼的色彩。暖爐周圍的，也是黑邊的書箱裏，亂放着各樣的書。我看見這書箱，常常覺得奇怪，心裏想，只有一點不完全的書籍，竟會在雜誌發表出那麽多的議論來。

主人是暖爐的右側，我左側，而美貌的夫人是暖爐的正面，都坐在沙發上。從先前起，三人這樣地賞味着夕餉後的幽閒。主人是時行的小說家，夫人是女作家。在紐約的慌忙的生活中，去訪問這一家，在我是難得的樂事之一。

我忽然問起「怎麽辦，纔能學好英文」來。于是主人微笑着，暫時無言，這是這人的癖。

「這雖然是還沒有和人講過的事，」他一面用鐵鉤撥旺爐裏的火，談起來了。「我覺得人的生涯，是奇怪的。現在雖然這樣地做着小說，但在哈佛大學走讀的時候，可是苦學得可以哩。剛出了法律科，無事可做，就當『波士頓通信』的記者。每天每天，從清早起，一直到夜深，做着事。但是我苦心孤詣地寫了出來的記事，還是一篇也不准署名。就是在角落裏和別的記事拋在一起。月薪呢，一星期二十元，到底是混不下去的。每天每天，到客寓裏，纔吁一口氣。

「但是，有一天，我也並沒有什麽意思，便拿起鉛筆來簌簌地寫了一篇短篇小說。于是將這裝在信封裏，試寄到那時最流行的『瑪克盧亞雜誌』去了。是誰的紹介都沒有的呵。于是，過了兩星期，不是瑪克盧亞社寄了掛號信來了麽？拆開來一看，不是裝着六十五元的匯票麽？就是那一篇短篇小說的稿費呵。

「這時候，我看着拿在手裏的六十五元的匯票，想了。這是只費了五六點鐘寫成的小說的收穫，這是和從早到夜，流着汗的記者生活的一個月的收入相匹敵的。自己的活路，就在這里了！我不覺這樣地叫了出來，于是我卽刻向新聞社辭了職，專心做起小說來。

「從此漸漸流行起來了，現在是這樣地也過着並不很窘的生活，也做些政治論文，也去演說，人們也注意起來了，好不奇怪呵——」

于是三人都暫時沈默着。

主人又說出話來了：——

「五六年前，西邊的辛錫那台街上，曾經有過一件出名的犯罪案子。我受了紐約的一個大的雜誌社的委託，爲了要寫那案子的記事，便往那條街去了。有一天，有一個男人到旅店裏來訪我。問起來，他是新聞記者，在這街上的報館裏辦事多年了，然而薪水少，混不下去。他說了：想做小說家；請將做小說家的法子敎我罷。我立刻就問他：你有鉛筆麼？一問，他說是有的。于是我又問他：你有紙麼？唔，于是，他不又說是有的麼？到這里，我就對他說了。此外，小說家不是沒有必需的東西了麼？你只要用這鉛筆寫在這紙上，不就完事了麼？這麼一來，他喫驚了。說是豈不是沒有可寫的東西麼？那麼，我就卽刻告訴他了。唔，沒有可寫的東西？你沒有知道這街上的犯罪案子麼？知道？是的罷。這聳動了全美國的視聽的事件的眞相，知道得最仔細的，不就是這街上的新聞記者麼？將這事照樣地寫下來，不是就出色的小說麼？于是他一疊連聲，說着懂得懂得，回去了。用這案子做材料的小說果然得了成功，他現在已經成爲一流的小說家了。

「所以，你的問題也是這樣的。要英文做得好，祕訣是一點也沒有的。只在專心勤勤懇懇地做。除此之外，文章的上達的方法是沒有的。」
實在是不錯的，我想。但突然又問道：——
「亞美利加的小說家的稿費，究竟是怎樣的呢？」
「是呵，」主人說。「一到布斯達庚敦(Booth Tarkington)和伊文柯普（Irvin Cobb）等輩，印出來的五六頁的短篇（原注：一頁約比日本的大數倍），大抵二千元罷。就是我似的程度的，短篇小說的時價也要一千元。買的人，是二十個三十個也有的呵。大抵是交給經手人去賣的。那麼，這經手人便送到各處去看去，價錢也漸漸擡起來。」
于是我對他講起日本的出版界的事，如尾崎紅葉的時代，要一月一百元的收入也爲難，以及獨步的事情等。但主人却道：——
「這是正當的呀。惟其如此，這纔有純文藝發生的。法蘭西不也是這樣的麼？亞美利加那樣，是邪路呵。這樣子，是不會有眞的藝術品的。」

我問他是什麽緣故。

「什麽緣故？不是全沒有什麽緣故麽？你的國裏和法蘭西的小說家，做小說，是起于眞的創作慾的衝動的。但是，亞美利加的，是什麽動機呢？看我自己，不就懂得麽？Commercialism（商業主義）呵。從這Commercialism的動機出來的小說，會有大作品的麽，先生？」

主人說完，又默默地沈思起來了。

講了這些話的一年之後，他贊助了哈定大統領的選舉，那政治底才幹爲中外所賞識，一躍而做歐洲的一大國的大使去了。他是已經第二次的人生的轉向，正在化作國際政治家。這未必單因爲亞美利加是廣大的自由的國度的緣故罷。

（一九二三，八，十四。）

自以爲是

一

先前，在一個集會上，我曾經發表自己的意見，指出俄國文學在日本的風行，並且說，此後還希望研究英文學的稍稍旺盛。對于這話，許多少年就提出反對論，以爲我們有什麼用力于英文學和俄文學的必要呢，只要研究日本文學就好了。豈不是現有着「源氏物語」和「徒然草」那樣的出色的文學麼？有一個人，並且更進一步，發了豐太閣（譯者注：征朝鮮的豐臣秀吉）以來的議論，說：與其我們來學外國語，倒不如要使世界上的人們都學日本語。這和我的提議，自然完全是兩樣看法的駁論。但這類的說話，乃是這集會中的多數的人們的意見，而且竟是中學卒業程度的年青人的意見，却使我喫驚很不小。我于是就想到兩種外國的人種的事情。

二

凡有讀過北美合衆國的歷史的人，都知道這地方的原先的舊主人，是稱爲「亞美利加印第安」這一種人種。這原先的故主，漸漸被新來的歐洲人所驅逐，退入山奧裏面去，到現在，在各州的角角落落裏，僅在美國政府的特別保護之下，度那可憐的生活了。人口也逐漸減下去了，也許終于要從這地上完全消失的罷。

然而這印第安人，不獨那相貌和日本人相像，卽在性格上，也很有足以惹起我們同情的東西。這是我們每讀美國史，就常常感到的。

三

他們是極其勇敢的人種。在山野間漁獵，在風霜中鍛鍊身心，對于敵人，則雖在水火之中，也毫不頓挫地戰鬪。而且那生活是清潔的。男女的關係都純正，身體的周圍也乾淨。尤可佩服的是他們的厚于着重節義之情。曾經有過這樣的故事：

有一回，一個印第安的青年犯了殺人罪，被發覺，受了死刑的宣告了。他從容地受了這宣告之後，靜靜地說：——

「判事長先生，我有一個請求在這里。你肯聽我麼？這也不是別的事。如你所知道，我的職業是野球。所以我爲着這秋天的踢球季節，已經和開辦的主人定約，以一季節若干的工資，說定去開演的了。倘我不去，我們這一隊看來是要大敗的。我的死刑的執行，不知道可能夠再給拖延幾個月不能？因爲我的野球季節一結束，我就一定回來，受那死刑的執行的。」

可驚的是判事長卽刻許可了這青年的請求了，然而更可驚的是這印第安人照着和興辦主人的約，演過野球；其次，就照着和判事長的約，回到那里，受了死刑的執行了。

將這故事講給我聽的美國人還加上幾句話，道：——

「惟其是印第安人，判事長纔相信的。因爲印第安人這傢伙，是死也不肯爽約的呵。」

四

這些話，使我想起各樣的事來。對于騙了具有這樣的美德的印第安人，而奪去那廣大的地土的亞利安人，發生憎惡了。然而較之這些，更其強烈地感觸了我的心的却還有一件事，就是：如此優良的人種，何以竟這樣慘淡地滅亡了呢？

有一天，我在波士頓，遇見了一個以研究印第安人的專家聞名的博士。我各種各樣，探聽了這人種的性情等類之後，就詢問到印第安人爲什麼漸就滅亡的原因。

博士的回答可是很有味：——

「我想，那就是印第安人所具的大弱點的結果罷。是什麼呢，就是 arrogonice（驕慢）。他們確信着自己們是世界唯一的優良人種，那結果，就對于別的人種，尤其是白色人種，都非常蔑視了。那蔑視，自然也很有道理的。因爲從德義這一面說起來，白種確是做着許多該受他們輕蔑的事呵。然而那結果，他們却連白種所有的一切好處都蔑視了。譬如，對于白種的文明，一點也不想學。尤其是對于科學，竟絲毫也不看重。無論什麽時候，總是生活在自己的種族所有的傳統的範疇裏。于是他們也就毫不進步了。這也許就是他們雖然是那麽良好的人種，却要漸就滅亡的最大的原因罷。」

我覺得即刻恍然了在人類的生涯中，最可怕的，就是這驕慢的自以爲是。當這瞬間，這人的發達就停止，這民族的發達就停止了。

我們試一看古時候的世界史。羅馬民族的征服了世界，所靠的是甚麽呢？這明明白白，是全仗那能夠包容別人種的文化這一種謙恭的心情。他們征服着周圍的民族，一面却給被征服民族以自由市民的待遇，和自己一般；並且將他們的文明儘量地攝取。希臘的文明一入羅馬，就那麽樣地爛熟了。待到羅馬人眩惑于軍事上的成功，漸漸變成倨傲的性情的時候，那見得永久不滅的大帝國，便卽朽木似的倒了下來。引德國入于破壞者，是德意志至上主義；現在的支那的衰運，也就是中華民國的自負心的結果呵。這也不只是亞美利加印第安人單獨的運命而已。

五

但是，在這里，又有一個可以作爲和這完全相反的例子。這就是猶太人。我于猶太人感到興味，是從五年前寓在亞美利加的時候起的。就因爲西洋人之間的猶太人排斥的狀態，牽惹了我的眼，于是也就想到何以要那麽排斥的緣由了。例如：和猶太人是不通婚姻的。假使有女兒一意孤行，和猶太人結了婚，親戚就和她斷絕往來。在自己的家裏，決不邀猶太人喫飯。好的學校裏不收猶太人。好的俱樂部，無論如何決不許猶太人入會。好的旅館裏不要猶太人寄寓，帳房先生託故回絕他；因爲知道要被回絕的，所以猶太人自己也不去。還有這麽那麽，豎着禁止猶太人的牌子的地方，那數目也不止一二十。並且在談話之中，一到形容那不好的事物，一定說，「像猶太人那樣」之類。所謂深通西洋事情的人們，便也學了這西洋人的「猶太人嫌惡」，來說猶太人的壞話；而于猶太人何以那麼壞的原因，是不查考的。

六

我覺得瀰漫在這世界上的猶太人排斥的感情，委實有點奇怪，便一樣一樣地研究了一通。每遇見人，也就去詢問。詢問的結果，我所感到的是雖然個個都異口同聲地說道猶太人壞，而于猶太人究竟爲什麼壞的理由，却並不分明地意識着。有的說是因爲沒有信義；有的說是因爲宗教上的反感；有的說是因爲一沾到錢財上，就無論怎樣的苦肉計都肯做的緣故；有的又說是因爲沒有社交上的禮儀，使人不愉快的緣故。但是，如果這些都算作理由，則不但猶太人如此，有着同樣的缺點的人種另外也很多。

將這事去問猶太人，可是有趣了。他們都以爲這是基督敎徒對于猶太人的優越性的反感。

那麽，使我們毫無恩怨的第三者靜靜地觀察起來，究竟見得怎樣呢？上述的理由，也都可以作爲大體的說明的。宗敎上的爭鬬，也是二千年以來的反感罷；錢財上的爭鬬，也是歇洛克以來的長久的傳統罷。但是，總還不止這一點。人種間的反目，是並不發端于那些思想上的原因的。一定還在更淺近的處所。

作爲這淺近的，根本的原因的，我却發見了下列的事。這是和各樣的猶太人交際之後，因而感到的。那就是：猶太人的集團性。

認識一個猶太人，一定就遇見他的許多朋友；請一個喫飯，一定有許多同來；試去訪問時，一定有許多猶太人聚在一起。

這就如水和油了。在亞利安人種全盛的今日，而猶太人却就住亞利安人種中寄食，又不像別的人種那樣，屈從于亞利安人；就是昂昂然自守着。而且在各方面，又每使亞利安人有望塵莫及之觀。單是這些，倒還沒有什麽。而這顯然異樣的猶太人，却又始終單是自己們團集着。況且因爲總度着猶太人特別的社會生存，所以確也討人厭的。不獨此也，這人種的通有性，又是進擊底的；不肯靜止，接連地攻上來。麻煩，可怕，不可親近，難以放鬆。于是亞利安人也越加生氣了。

七

那根本的原因，究在那里呢？那是明明白白的，就是在猶太人中的惟我獨尊底的氣度。他們從尼布甲尼撒大王以來，歷受着世界的各樣的人種的迫害。倘是弱的人種，就該早已滅亡了，而他們却以獨自一己的强的精魂，應付了這幾千年的狂濤怒浪。這就是他們的優越的性格之賜。

因此，對于這無論怎樣迫壓而終不滅亡的民族本身的强有力的信仰，就火一般燃燒着。大概，大家都以爲在哈謨人的全盛期，在撒馬利亞人的全盛期，都未滅亡的他們，也沒有獨在現今亞利安人的全盛期，就得屈服的道理的。

所以他們就如絕海的孤島一般，將自己的文明的燈火，守護傳授下來。即使周圍的文明怎樣地變遷，他們也緊抱着亞伯拉罕和摩西的傳統，一直反抗到現在。

八

那路徑，在或一意義上，和亞美利加印第安人是同一模型的。都是守住自己，不與周圍妥協，都是惟我獨尊。

但是，爲什麽一種亡，一種却沒有亡呢？這明明是因爲智能的優劣的懸殊。猶太人是歷史上罕見的優越的智能的所有者，所以他們能夠五千年來守護了自己的孤壘。

然而那非妥協底的性格，常常與當時的主宰民族抗爭，造着鮮血淋漓的歷史。

所以歸根結蒂，也就和印第安人一樣，除了征服別的人種，或者終于被別的人種征服之外，再沒有別的路。假使猶太人竟不改他現在的非妥協底態度。

到這里，我要回到議論的出發點去了。日本人始終安住在「源氏物語」和「徒然草」的傳統中，做着使日本語成爲世界語的夢，粗粗一看，固然是頗像勇敢的，愛國底的心境似的。但其中，却含有背反着人類文化的發達的，許多的危險。

我們的祖先，成就了「大化改新」的大業，安下日本民族隆興的礎石了。這就是唐的文明的輸入，攝取，包容。從此又經過了長久的沈滯的歷史之後，我們再試行了「王政維新」這一種外科手術，纔又蘇醒過來。這就是西洋文明的流入，咀嚼和接種。然而這先以「尊王攘夷」開端的志士的運動，待到尊王之志一成就，便忽而變爲「尊王開國」的事，是含有無窮的意味的。

以一個民族，征服全世界，已經是古老的夢了。波斯，羅馬，蒙古，拿破崙，就都蹉跌在這一條道路上。然而攝取了世界的文化，建設起新文明來的民族，却在史上占得永久的地位的。蒿衛的雅典的文化，至今也還是世界文明的淵源。

我們也應該識趣一點，從誇大妄想的自以爲是中脫出。只要研究「源氏物語」就好之類的時代錯誤的思想，出之青年之口，決不是日本的教育的名譽。我們應該抱了謙虛淵淡的心，將世界的文化毫無顧慮地攝取。從這裏面，總能生出新的東西來。

（一九二三，八，十四。）

書齋生活與其危險

一

我們的過活，是一面悟，一面迷。無論怎樣的聖僧，要二六時中繼續着純一無垢的心境，是不能夠的。何況是凡慮之淺者。有時悲，有時憤，而有時則驕。這無窮的內心的變化，我們不但羞于告訴人，還怕敢寫在日記上。便是被讚爲政治家中所少見的高德的格蘭斯敦，日記上也只寫一點簡單的事：還是很有意味的。

雖是以英國政界的正直者出名的穆來，那回憶錄也每一頁中，總有使讀者不能饜足的處所。尤其是例如他勸首相格蘭斯敦引退，而推羅思培黎卿爲後任這事，他的心裏可有自己來做將來的首相的希望，擡了頭的呢，就很使讀者覺得懷疑。這是因爲凡有對于人生的諸相，赤裸裸地，正直地加以觀察者，深知道人間內心的動機，是複雜到至于自己也意識不到的。

我所熟識的一個有名的美國的學者，有一天突然對我說：——

「食和性的慾求，滿足了之後，實在會有複雜的可訝的各種動機，在人心上動作起來的。」

這是意味深長的話，現在還留存在我的耳朶中。倘將沁透着自己內心的這可訝的各種動機的存在，加以檢討，便使我們非常謙遜。如果是深深地修行了自己反省的人，會對着別人說些什麼我是單爲愛國心所支配的，單爲義務心所驅使的那樣大膽的話的麼？

然而太深的內省，却使人成爲懷疑底和冷嘲底。對于別人大聲疾呼的國家論和修身講話之類，覺得很像獸氣的把戲，甚至于以爲深刻的僞善和欺騙。于是就總想嘲着煙捲，靜看着那些人們的緞幕戲文。這在頭腦優良的人，尤其是容易墮進去的陷穽。

專制主義使人們變成冷嘲，約翰穆勒所說的這話，可以用了新的意思再來想一想。專制治下的人民，沒有行動的自由，也沒有言論的自由。于是以爲世間都是虛僞，但倘想矯正牠，便被人指爲過激等等，生命先就危險。强的人們，毅然反抗，得了悲慘的末路了。然而中人以下的人們，便以這世間爲「浮世」，吸着煙捲，講點小笑話，敷衍過去。但是，當深夜中，湧上心來的痛憤之情，是抑制不住的。獨居時則憤慨，在人們之前則歡笑，于是他便成爲極其冷嘲的人而老去了。生活在書齋裏，沈潛于內心的人們，一定是晝夜要和這樣的誘惑戰鬬的。

二

但是，比起這個來，還有一種平凡的危險，在書齋生活者的身邊打旋渦。我們對于自己本身，總有着兩樣的評價。一樣是自己對于自己的評價，還有一樣是別人對于自己本身所下的評價。這兩樣評價間的矛盾，是多麽苦惱着人間之心呵。對于所謂「世評」這東西，毫不關心者，從古以來果有幾人呢？聽說便是希臘的聖人梭格拉第斯，當將要服毒而死的那一夜，還笑對着周圍的門徒們道，「我死後，雅典的市民便不再說梭格拉第斯是醜男人了罷。」在這一點，便可以窺見他沒有虛飾的人樣子，令人對于這老人有所懷念。雖是那麽解脫了的哲人，對于世評，也是不能漠不關心的。

這所謂世評，然而却能使我們非常謙遜，給與深的反省的機緣。動輙易陷于自以爲是的我們，因爲在世上的評價之小，反而多麽刺戟了精進之心呵。所謂「經過磨鍊的人」者，在或一意義上，就是憑着世間的評價，加減了自己的評價的人。然而度着和實生活相隔絕的生活的人們，却和這世間的評價毫無交涉：一生只是正視着自己的內心。所以他對于自己本身，只有惟一無二的評價，好壞都是自己所給與的評價。這評價過大時，我們便給加上一個「誇大妄想狂」的冠稱，將這些人們結束掉。這樣的自掛招牌的人們，並不一定發生于書齋裏，自然是不消說得的。然而書齋生活者的不絕的危險，却就在此。

這樣的書齋生活者的缺點，有兩層。就是：他本身的修業上的影響，和及于社會一般的影響。第一層姑且勿論，第二層我却痛切地感得。凡書齋生活者，大抵是作爲學者，思想家，文藝家等，有效力及于實社會的。因此，他所有的缺點，便不是他個人的缺點，而是他之及于社會上的缺點。于是書齋生活者所有的這樣的唯我獨尊底傾向，乃至獨善的性癖，對于社會一般，就有兩種惡影響。一種，是他們的思想本身的缺點，卽容易變成和社會毫無關係的思想。還有一種，是社會對于他們的思想的感想，卽社會輕視了這些自以爲是的思想家的言論。其結果，是成了思想家和實社會的隔絕。思想和實生活的這樣的隔絕，自然並非單是思想家之罪，在專制政治之下，這事就更甚。因爲反正是說了也不能行，思想家便容易流于空談放論了。

如果我們人類生活的目的，是在文化的發達，則有貢獻于這文化的發達的這些思想家們的努力，我們是應該尊重，感謝的。但若書齋生活者因了上述的缺點，和實生活完全隔絕，則在社會的文化發達上，反有重大的障礙。因此，社會也就有省察一番的必要了。

這是，在乎兩面的接近。不過我現在却只說書齋生活者這一面走過來。也就是說，書齋生活者要有和實生活，實世間相接觸的努力。我的這種意見，是不爲書齋生活者所歡迎的。然而尊敬着盎格魯撒遜人的文化的我，却很欽仰他們的在書齋生活和街頭生活之間，常保着圓滿的調和。新近物故的穆來卿，一面是那麼樣的思想家，而同時又是實際政治家，我總是感到無窮的興味。並且以爲對于這樣的人，能夠容認，包容，在這一點上就有着盎格魯撒遜人的偉大的。讀了穆來卿的文籍，我所感的是他總憑那實生活的教訓，來矯正了獨善底態度。

三

曾是美國的大統領的威爾遜，也是思想家兼實際政治家這一層，是相像的。然而威爾遜的晚年，思想家的獨斷底傾向，却逐漸顯著起來了。這是因爲他在書齋中不知不覺地得來的缺點。倪思教授的名著「平和的經濟底諸效果」裏面，這樣地寫着：——

「他沒有一件連細目都具備了的計畫。他不但如此不知世事，心的作用也遲鈍，不會通融的。所以他一遇見魯意喬治似的敏捷而變通自在的人，便不知所措了。他于咄嗟之間，提出改正案之類的智慧，絲毫也沒有。偶爾只有一種本領，是預先在地面上掘了洞，拚命忍耐着。然而這要應急，是往往來不及的。那麼，爲補充這樣的缺點起見，問問帶來的顧問們的意見罷。這也不做。在華盛頓，也持續着討人厭的他的超然底態度。他的出格的顧忌癖，致使不容周圍放着一個同格的人。（中略）加以發了他的神學癖和師長癖，就更加危險了。他是不妥協的。他的良心所不許的。卽使必須讓步的時候，他也以主義之人而堅守着。于是歐洲的政治家們便表面上裝作尊重他的主義模樣，實則用了微妙的纖細的蛛絲，將他的手脚重重細住了。完全背反着他的主義一樣的平和條約做出來了。然而他離開巴黎的時候，一定是誠心誠意，自以爲貫澈了自己之所信的。不，便是現在，一定也還在這樣想。

這侃思教授的威爾遜評，在我，全部是不能首肯的。他自己就是書齋中人的侃思教授，將實際政治的表裏，太用了平面底的論理來批評了。但在這威爾遜評中，却將書齋生活者的性格底弱點，非常鮮明地，而且演劇底地描出着。

使我來說，則威爾遜在書齋生活者之中，是少有的事務家，政略家。然而雖是這非凡的實務底思想家，也終于不免書齋生活者的缺陷。在這一點上，是使我們昧得無限的敎訓的。在日本的歷史上，則新井白石，在支那的歷史上，則王安石，倘將他們的性格之類研究起來，一定可以發見，是因爲這樣的缺點，致使九仞之功，

Lloyd George, Clemenceau, and Wilson

虧于一簣的罷。

我的結論，是：所以書齋生活是有着這樣的自以爲是的缺點的，而在東洋，却比英美尤有更多的危險，所以要收納思想家的思想，應該十分注意。還有，一面因着社會一般的切望，書齋生活者應加反省；而一面也應該造出使思想家可以更容易地和實社會相接觸的社會來。

讀書的方法

先前，算做「人類的殃禍」的，是老，病，貧，死。近來更有了別樣的算法，將浪費，無智這些事，都列爲人類之敵了。對于浪費，尤其竭力攻擊的人，有英國的思想家威爾士。

這浪費的事，我們可以從各種的方面來想。一說浪費，先前大抵以爲是金錢。然而金錢的浪費，却是浪費中的徵末的事。我們的稱爲浪費的，乃是物質的浪費，精神的浪費，時光的浪費。而我們尤爲痛切地感到的，是精神的浪費有怎樣地貽害于人類的發達。毀壞我們的幸福者，便是這無益的精神的消費。如果從我們的生活裏，能夠節省這樣的無益，則我們各個的幸福的分量，一定要增加得很多。例如，對于諸事的杞憂呀，對于世俗的顧忌呀，就都是無益的精神的浪費。

二

但在我們以爲好事情的事情之中，也往往有犯了意外的浪費的。例如，讀書的事，便是其一。

如果我們將打球和讀書相比較，則無論是誰，總以爲打球是無聊的游戲，而讀書是有益的勞作。但在事實上，我們也常有靠打球來休息疲倦的身心，作此後的勞役的準備，因讀書而招致無用的神經的亢奮，妨礙了眞實的活動的。要而言之，這也正如在打球之中，有浪費和非浪費之別一般，同是讀書，也有浪費與否之差的緣故。

尤其是，關于讀書，因爲我們從少年以來，只學得誦讀文字之術，却並未授我們眞的讀書法，所以一生之中，徒然的浪費而讀書的時候也很多。那麼，我們應該怎樣地讀書呢？

三

我在這里所要說起的讀書，並不是指聊慰車中的長旅，來看稗史小說那樣，或者要排解一日的疲勞，來誦詩人的詩那樣，當作消閒的方法的讀書。乃是想由書籍得到什麼啓發，拿書來讀的時候的讀書。現在是，正值新涼入天地，燈火倍可親的時候了，來研究一回古人怎樣地讀書，也未必是徒爾的事罷。

四

無論誰，在那生涯中，總有一個將書籍拚命亂讀的時期。這時期告終之後，總始靜靜地來回想。自己從這幾百卷的書籍裏，究竟得了什麼東西呢？怕未必有不感到一種寂寞的失望的人罷。這往往不過是疲勞了眼，糜爛了精神，涸竭了錢袋。我們便也常常陷于武斷，以為讀書是全無益處的。

然而，再來仔細地一檢點，就知道這大抵是因為沒有研究讀書的方法，所以發生的錯誤。在天下，原是有所謂非常的天才的。這樣的人們，可以無須什麼辦法，便通曉書卷的奧義，因此在這樣的人們，讀書法也就沒有用。例如，有一回，大谷光瑞伯看見門徒的書上加着朱線，便大加叱責，說是靠了朱線，僅能記住，是不行的。但這樣的話，決不是我們凡人所當仿傚。我們應該一味走那平凡的，安全的路。

五

這大概似乎方法有四種。第一的方法，是最通行的方法，就是添朱線。那線的畫法也有好幾樣。有單用紅鉛筆，在旁邊畫線的；也有更進而畫出各樣的線的。新渡戶博士，是日本有數的讀書家；讀過的東西，也非常記得。試看先生的讀過的書，就畫着各種樣子的線。顏色也分爲紅鉛筆和藍鉛筆兩種類：文章好的地方用紅，思想覺得佩服的地方用藍，做着記號。而且那線，倘是西洋書，便分爲三種：最好的處所是下線（underline），其次是圈（很大，亙一頁全體），再其次是頁旁的直線。

英國的碩學，威廉哈彌耳敦（William Hamilton）這樣說：——

「倘能妙悟用下線，便可以得到領會重要書籍的要領的方法。倘照着應加下線的內容的區別，例如理論和事實的區別，使所用的墨水之色不同，則不但後來參照時，易于發見，即讀下之際，胸中也生出一種索引一般的東西來，補助理解，殊不可量度。」

這下線法，是一般讀書人所常用的，如果在餘白上，再來試加記注，則讀書的功效，似乎更偉大。

這方法裏面，又有詳細地撮要，以便記憶的人；也有將內容的批判，寫在上面的人。倘將批評寫在餘白上，當讀書的時候，批評精神便常常醒着，所得似乎可以更多。這一點，是試將偉大的學者讀過的書，種種比較着一研究，便大有所得的。

六

其次的方法，是一面讀，一面摘錄，做成拔萃簿。這是古來的學者所廣用的方法，有了大著述之類的人，似乎大概是作過拔萃的。聽說威爾遜大統領之流，從學生時代起，便已留心，做着拔萃。現代英國的大政治家，且是文豪的穆來卿，也這樣地說過：——

「有一種讀書法，是常置備忘錄于座右，在閱讀之際，將特出的，有味的，富于暗示的，沒有間斷地寫上去。倘要將這便于應用，便分了項目，一一記載。這是造成讀書時將思想集中于那文章上，對于文意能得正解的習慣的最好的方法。」

但于此有反對說，史家吉朋（E. Gibbon）說：——

「拔萃之法，决不宜于推賞。當讀書之際　自行動筆，雖然確有不但將思想印在紙上，並且印在自己的胸中的效驗，但一想到因此而我們所浪費的努力頗爲不少，則相除之後，所得者究有多少呢？我不能不很懷疑。」

我也贊成吉朋的話。因爲常寫備忘錄的努力，很有減少我們讀書的興味，讀書變成一種苦工之慮的。不但這樣，還會生出沒有備忘錄，便不能讀書的習慣，將讀書看作難事。而讀書的速率，也大約要減去四分之一。無論從那一方面看，拔萃法總不像很好的辦法。倒是不妨當作例外，有時試用的罷。

七

比拔萃法更有功效的讀書法，是再讀。就是將已經加了下線的書籍，來重讀一回。英國的碩學約翰生(S. Johnson)博士曾論及這事道：——

「與其取拔萃之勞，倒是再讀更便于記憶。」

我以為這是名言。因為拔萃勢必至于照自己寫，往往和原文的意義會有不同。再讀則不但沒有這流弊，且有初讀時未曾看出的原文的眞意，這纔獲得的利益。尤其是含蓄深奧的書籍，愈是反覆地看，主旨也愈加見得分明。

八

還有一種讀書法，是我們普通的人，到底難以做到的高尙的方法。這就是做了「羅馬盛衰史」的吉朋，以及韋勃思泰(D. Webster)，斯忒拉孚特(Th.W.Strafford)這些人所實行過了的方法。吉朋自己說過：——

「我每逢得到新書，大抵先一瞥那構造和內容的大體，然後合上那書，先行自己內心的試驗。我一定去散步，對于這新書所論的題目的全體或一章，自問自答，我怎麽想，何所知，何所信呢？非十分做了自己省察之後，是不去翻開那一本書的。因爲這樣子，我纔站在知道這著作給我什麽新知識的地位上。也就是因爲這樣子，我纔覺得和這著作的同感的滿足，或者在全然相反的意見的時候，也有豫先自行警戒的便宜。」

這可見吉朋那樣，將半生傾注在「羅馬史」的史家，因爲要不失批判的正鵠，所化費了的準備是並非尋常可比。然而，這是對于那問題已經積下了十分的造詣以後的事，我們的難于這樣地用了周到的準備來讀書，原是不消多說的。

九

要之，據我想來，顏色鉛筆的下線或側線法，是最爲普遍底的讀書法。而在那上面，寫上批評，讀後先將那感想在腦裏一溫習，幾個月之後，再取那書，單將加了紅藍的線的處所，再來閱讀，仿彿也覺得是省時間，見功效的方法。但因爲這方法，必須這書爲自己所有，所以在圖書館等處的讀書之際，便不得不並用拔萃法了。我的一個熟人，曾說起在圖書館的書籍上加紅線，那理由，是以爲後來于讀者有便利。我覺得這是全然不對的議論。因爲由讀着的書，所感得的部分，人人不同，所以在借來的書上，或圖書館的書上，加上紅線去，是不德義的。

也有說是毫無紅線，而讀過之後，將書全部記得的人。例如新井白石，麥珂來（Th. B. Macaulay）卿等就是。但這些人們，似乎是富于暗記底知識，而缺少批評底，冥想底能力的。我以爲並非萬能的我們，也還不如仍是竭力捉住要點，而忘掉了枝葉之點的好。

十

還有，隨便讀書，是否完全不好的呢？對于這一事，在向來的人們之間，似乎也有種種意見的不同。有人以爲亂讀不過使思想散漫，毫無好處，所以應該全然禁止的；然而有一個碩學，却又以爲在圖書館這些地方，隨便涉獵書籍，散讀各種，可以開拓思想的眼界。

穆來卿對于這事，說過下面那樣的話：——

「我倒是妥協論者。在初學者，亂讀之癖雖然頗有害，但既經修得一定的專門的人，則關于那問題的亂讀，未必定是應加非議的事。因爲他的思想，是有了系統的，所以卽使漫讀着怎樣的書，那斷片底知識，便自然編入他的思想底系統裏，歸屬于有秩序的系體中。因爲這樣的人，是隨地攝取着可以增加他的知識的材料的。」

（一九二三，八，一四。）

論辦事法

一說到英雄之流，就似乎是很大方，很雜駁似的，但我們從他們的日記之類來仔細地一研究，實在倒是頗為用意周到的，細心的，不胡塗的人們。凡有讀拿破崙的傳記的人，就知道他雖至糧秣之微，也怎樣地注意。無論是家康，是賴朝，是秀吉，都是小心于細事的。不過他們的眼雖在毫釐之末，其心卻常不忘記大處高處的達觀罷了。

說到底，就是英雄都是辦事家。但在不覺其為辦事家之處，即有他們的非凡的用意。那麼，他們怎樣地處置他們身邊的事務的呢？這一事，應該是後世史家的很有興味的題目。只因史家自己大抵不是辦事家，所以英雄之爲辦事家的一生面，便往往被閑却了。

在這意義上，則去今百年，英國的官吏顯理泰洛爾（Sir Henry Taylor）所記的，題爲「經世家的用心」這一篇，乃是頗有興味的文章了。而且對于日對繁忙的事務的現代活社會的人們，可作參考之處也不少。作者是久作英國植民部的官吏，有捷才之譽，且是出名的詩人。那大要曰：——

一，文件的分類。

凡辦理事務的人，一經收到文件，須立加檢點，分別應行急速的處置與否，將這分開，而加以整理。

二，不無端摩弄。

既經分類之後，則除了已有辦理此案的決斷時以外，決不得摩弄這些文件。因爲養起了懵然凝視文件，或無端摩弄的習慣，則不但浪費時間，且至于漸漸覺得這案件似乎有些棘手，漸成畏縮，轉而發生寡斷的性質。又，反覆着一樣的事，不加決斷，也要成爲抑制活動底精神的結果的。

而且要行文件的裁決，也須當這事件的新出之際。因爲文件久置几上，則爲塵埃所封，給見者以宛然失了時機的古董一般的印象，所以雖行辦理，也覺不快，而有不適意之感了。

這泰洛爾的一言，是凡有略有辦事經驗的人，誰都感到的。尤其是，生活于日本官場的人們，都熟知久經擱置而變了灰色的舊文件，是怎樣給人以不快的印象。這一點，和亞美利加的公署和公司等，橫在几上的文件，是如何嶄新，鮮明，活潑的相比較，頗爲遺憾的。

三，于心無所凝滯。

又，凡欲作經世家的人們，當養自制之念。這所謂自制，乃動和靜的自由的心境之謂也。就是，欲辦理一事，則全心集中于此者，動也。與此事無關時，將一切從念頭忘却者，靜也。在經世家，最當戒愼者，是既非決定，也非不決，有一件事凝滯于心中。

四，整頓。

經世家所最當避忌者，是終年度着忙碌似的，混亂的生活。經世家須常度着整頓的生活。

五，寫字的時候要慢慢地寫。

凡當辦事之際，有急遽的性癖的人，那矯正法，是在學習以身制心的方法。就是使日常的身體的舉動，舒緩起來。這就因爲身體也可以稱爲精神的把柄的緣故。然則，所當時時留意者，是決不悤促寫字。慢慢地寫字的習慣，是使精神沈靜的。

六，整頓文件要自己動手。

整理文件，做得乾淨，實在是必要的事。而將這些文件安排，束縛，以及摘要等的工作，必須自己親手做去。決不可委託祕書那些人。爲什麽呢？因爲文件的整理，同時也是自己的精神的整頓的緣故。

七，集中心。

當養成常將我心集中于一事的習慣。在辦理一事的中途，忽然想起那怠慢了回覆的信件等，是最宜戒愼的。

八，冥想時間的隔離。

經世家雖有于每一週中，以或一日作爲休息日，加以隔離的必要；但倘能夠，則將一日之中的或時間，作爲冥想時間，隔離起來的事，也是緊要的。

以上，是泰洛爾所說的大要。可見粗看好像魯鈍的英國人，對于那各種設施，用意的周到。所說諸點，要當作經世家的要件，原是不可以的，但在經世家的資格中，算進這樣見得瑣屑的事情去，卻惹了我們的興味。（一九二三，八，二六。）

往訪的心

一　旅行

我所喜歡的夏天來到了。

一到夏天，總是想起旅行。對于夏天和旅行，貫着共通的心緒。單是衣服的輕減，夏天也就愉快，而况世界都爽朗起來。眼之所見的自然的一切，統用了渾身的力量站起。太陽將幾百天以來所儲蓄的一切精力，摔在大地上。在這天和地的慘澹的戰爭中，人類當然不會獨獨震恐而退縮的。大抵的人，便跳出了討厭透了的自己的家，撲進大自然的懷裏去。這就是旅行。

旅行者，是解放；是求自由的人間性的奔騰。旅行者，是冒險；是追究未知之境的往古獵人時代的本能的復活。旅行者，是進步；是要從舊環境所擁抱的頹廢氣分中脫出的，人類的無意識的自己保存底努力。而且旅行者，是詩。一切的人，將在拘謹的世故中，祕藏胸底的羅曼底的情性，儘情發露出來的。這些種種的心情，就將我們送到山和海和湖的旁邊去，趕到新的未知的都市去。日日迎送着異樣的眼前的風物，弄着「旅愁」呀，「客愁」呀，「孤獨」呀這些字眼，但其實是統統一樣地幸福的。

在漂泊的旅路上度過一生的吉迫希之羣，强有力地刺戟我們的空想。在小小的車中，載了所有的資產，使馬拉着，向歐洲的一村一村走過去。夜裏，便在林陰支起天幕來，焚了篝火，合着樂器，一同發出歌聲。雨夜就任其雨夜，月夜就任其月夜，奇特的生活是無疑的。還有，中世紀時，往來于南歐諸國的漂泊詩人的生活，是挑撥我們的詩興的。這是多麼自由的舒服的生涯呵。並非礦物的我們，原沒有專在一處打坐，直到生苦的道理。何況也非植物的你我，卽使粘在偶然生了根的地面上，祓襲于寒雪，顯出綠的凌冬之操，也還是沒有什麽意味的。便是一樣的植物，也是成了科科或椰子的果實，在千里的波濤上，漂流開去的那一面，不知道要漂亮多少哩。

喜歡旅行的國民，大概要算英國人了。提一個手提包，在世界上橫行闊步。有稱爲「週末旅行」的，從金曜日起，到翌週木曜日止，到處爬來爬去。一冷，是瑙威的溜雪，一熱，是阿勒普斯的登山，而且有機會時，還拜訪南非洲的阿伯阿叔。喜歡旅行的英國人的心情，顯在比人加倍英國氣的小說家威爾士的作品裏。

他在那「近代烏託邦」裏說，烏託邦的特色，是一切人們，可以沒有旅費，言語，關稅之累，在世界上自由地旅行。那一本書，是距今十八年前所寫的。但據今年出版的小說「如神的人們」說起來，他的旅行癖可更加進步。這回的烏託邦裏，是所有的人，都不定住在家庭裏，却坐了飛機，只在自由自在地旅行了。而且那世界裏，還終年開着花，身輕到幾乎用不着衣服。一到這樣，烏託邦便必須是常夏之國。而旅行于是也還是成了夏天的事情。

旅行的眞味，並不是見新奇，增知識；也不是賞玩眼前百變的風物。這是在玩味自己的本身。

二　旅行

相傳康德（I. Kant）是終日從書齋的窗口，望着鄰家的蘋果樹，思索他的哲學的。鄰家的主人不知道這事，有一天，將那蘋果樹砍掉了，他失了憑藉，思索便非常艱難起來。但像康德那樣，坐在不改的環境裏，而時時刻刻，湧出變化的新思想來，在我們凡人，是很難達到的境地。于是我們就去旅行。

能如旅行似的，使我們思索的時候，是沒有的。這也並非我們思索，乃是變化的周圍的物象，給我們從自己的胸臆裏，拉出未知的我們的姿態來。這有時是聲，有時是色，有時是物，有時是人。

有時候，這從背後驀地撲來；有時候，正對面碰着前額。每一回，我們就或要哭，或是笑。

只要旅行一年，他的思想上的行李，便堆得很高了。

然而，也有並不如此的人。先前，有大團體的旅行者的一羣，從美國到來了，是周游世界團體。其中的一個，却是西洋廁所的總店的主人。他一面歷覽着火奴魯魯，日光，西湖，錫蘭島，一面就建設着批發他的新式廁所的代理店。但是，像這樣的，不能算旅行，什麼也不能算的。

倘說這不是旅行，只是洋行，未免過于惡取笑。但也很想這樣說。將這樣的也用旅行這一個籠統的總稱來說，就使旅行的眞意模胡了。

其實，團體的旅行，是不算在旅行裏面的。眞的旅行，應該只是一個人。須是恰如白雲飄過太空一般的自由的無計劃的心情。伊爾文（Washington Irvin）尋訪沙士比亞出世的故鄉 Stratford-on-Avon，獨居客舍之夜，說道，「世間的許多王國呵，要興就興，要倒就倒罷。我只要能付今宵的旅費，我便是這一室的王者了。這一室是王領，這火爐的鐵箸是王圭，而沙士比亞卽將見于今宵的我的夢裏了。」這樣的心情，是惟有獨自旅行的人得能領受的人生之味。

對于旅行，又可以說一種全然相反的事。就是，也沒有旅行那樣，能使人們的心狹窄的了。這是英國批評家契斯泰敦（G.K.Chesterton）的犀利的句子。我們在家鄉安靜着過活，則異國的情景，是美麗的夢幻故事一樣，令人神往的。西班牙，意太利，波斯，還有西藏，都是很足以挑動我們的詩情的名目。我們用了淡淡的愛慕之情，將未知之地和人，描在胸臆上。但一踏到這些處所，則萬想不到的幻滅，却正在等候我們了。曾是抽象底的詩的國度的意太利，化了扒手一般的嚮導者和乞丐一般的旅館侍者的國度了。在這瞬間，旅人的長久的心中的偶像，便被破壞了。

然而，這是還未悟徹旅行的心的眞境地的錯處。其實是，眞實的人生，正須建立在這樣的幻滅的廢墟之上的。

三　旅行的收穫

旅行的收穫，這就是在旅人的心裏，喚起羅曼底的希望來。這是因各人而不同的。這也因每次旅行而不同的。因爲不同，我們的心中，就充滿着大大的期待。

無論是誰，大概沒有不記得出去修學旅行的前一夜的高興，作爲可念的少年時代的回憶的罷。還有，第一次出國的前夜的感慨，我們是終身不忘記的。新婚旅行的臨行之感，姑且不說他，將登輕鬆的漂泊之旅的前一日的心情，却令人忘不掉。旅行的收穫，是有各色各樣的。從中，我想說一說的，是得到新的朋友的歡喜；是會見卽使說不到朋友，而是未曾相識的人物的歡欣。這在想不到的處所相遇時，便成爲更深的感興，留在記憶裏。倘是陌生的異國的旅次，那就更有深趣了。

一個冬天的夜裏，我立在正像南國的大雨的埠頭上，聽着連臉也看不清楚的人的談天。這是在美國最南端的弗羅理達，在很大的湖邊，等着小汽船的時候。我們兩個一面避着滂沱不絕的雨點，對了漆黑的湖水，一面談下去。雖說談下去，我却不過默默地傾聽着罷了。大約年紀剛上三十的小身材黑頭髮的這美國人——倒不如說，好像意太利或匈牙利人的這男子，得了勁，迅速地饒舌起來：——

「所以紐約的教育是不要費用的。我們可以不化一文錢，一直受到大學教育。像我這樣，是生在沒有錢的家裏的，什麽學費的餘裕之類，一點也沒有。但是進小學，進中學，到頭還進了紐約大學。因爲是不要費用的呀。你想，教育是四民平等地誰都可以受得，不化費用的呵。所以教育普及了。所以亞美利加在世界上是最出色的國度了。無論到那里去看去，南方的黑人之類不說，在亞美利加，是沒有不識字的人的。鬧着各樣過激的思想的人們自然也有，但那些可都不是亞美利加人呵。對麽，懂了罷，先生？那些全都是剛從歐洲跑來的移民呀。在亞美利加，是即使不學那樣胡塗的過激的俄國的樣，也可以的。懂了沒有，先生？因爲，亞美利加，是用不着費用，能受教育的國度呵。而且因爲一出學校，只要一隻手，一條腿，就什麽也做得到。就像我那樣，從大學畢業的人，是全不用什麽人操心的。因爲在大公司裏辦事，現在也成了家，也到了這樣地能夠避寒旅行的身分了。所以，無論是誰，什麽不平之類，是不會有的。叫着什麽不平的一夥，那大抵是懶惰人，自己不好。因爲教育是可以白受的呵。而且，因爲我們是民主之邦呀。什麽不平之類，是沒有的事。唔，先生，我講的話，明白了沒有，先生？」

他無限際地饒舌。並且一面饒舌，一面爲自己的思想所感動，揮着手說話。終于轉向我這面，將手推着我的肩膀等處，大談起來了。

我只靜聽着他的話，不知怎地，一面起了彷彿就是「亞美利加」本身，從暗中出現，和我講話一般的心情。那樂天的，主我的，自以爲是的，然而還是天眞爛漫的，純樸的人品，就正像亞美利加人。也許這就是瀰漫于亞美利加全國的，那大氣的精魂。在雖說是冬天，却是日本的梅雨似的悶熱的南國的大雨的夜裏，在僻遠的村落的湖邊，在這樣地從一個無緣無故的人——這是從這暗夜中，鑽了出來似的唐突的人物——的口中，聽着聚精會神的，他的經歷的講解的時候，忽然，那所謂旅行的收穫的一個感覺，强烈地浮上我的心頭了。正因爲是旅行，總在漠不相識之地，聽着漠不相識之人的聚精會神的談論的。比起關于亞美利加的幾十卷文獻來，倒是這樣的人的無心的談吐，在亞美利加研究者是非常貴重的知識的結晶哩。這也許便是亞美利加的精魂，在黑夜裏出現的罷。

于是聽到汽笛聲；在暗的波路的那邊，望見汽船的紅紅的燈火了。是走菲羅理達川的船已經來到。不多久，周圍一時突然明亮起來。那男人，便慌忙攜着夫人的手，走上汽船的舷門去了。

這情景，至今還留在我的眼底裏。

四　達庚敦

和這樣的漠不相識的人相周旋，固然也是旅中的一興。而等候着這一類奇特的經驗，再落到自己的身上來的心緒，也使旅人的心豐饒。歸家之後，在平凡的日常生活中，每想到曾經歷覽的山河，那時浮上心頭的，也就是那樣的爲意料所未及的經驗。我一想亞美利加的事，卽常常記起這菲羅理達的雨夜所遇到的連姓名都不知道的男人的議論和那周圍的情景來。當寫着俄國的社會革命的報告時，突然記起來的，是在從斯忒訶倫到芬蘭的船中，所遇見的叫作安那的一個少女的身世。

那時還只八歲，然而已能說三種外國語的可憐的小女兒，是富家之子，怕是已經呑在那革命的大波裏面了罷。一記得那類事，便帶着一種的哀愁。

然而，旅行的收穫之大者，無論怎麼說，是在和久經仰慕的天才相見。走了長遠的旅程之後，探得這人所住的街，于是就要前去訪問的時候的心情，是難以言語形容的高興。在對于仰慕的人的「往訪的心」和旅行的心上，是有着一種共通的情緒的。尤其是像我這樣，因爲受了從少年期到青年期所讀的嘉勒爾的「英雄崇拜論」呀，遏克曼的「瞿提談錄」之類的很深的感化，終于不能蟬蛻的人，則會見那卓絕時流的各樣的天才，總覺得有在落寞的人生上，染着一點殷紅一般的歡喜。

倘使要訪的人所住的地方和家宅，都是未知之地，那趣味就覺得更深遠了。亞美利加的中西部，有叫印兌那波里斯的街。不知什麼緣故，從這處所，出了各樣的文學者。做了「馬霞爾傳」的培培律支，小說家的約翰生，達庚敦等，就都住在這街上。一個請帖，從住在那里的美國人，送到紐約的我這里來了，要我于十月的謝肉祭那一天，去喫火雞去。正值我也剛在計劃出去旅行的時候，便決計向那遠隔一千邁爾的處所，前去喫火雞。「要是火雞，我的家裏也可以請你喫的。」戲曲作家密特耳敦君說笑着，給了我對于達庚敦的紹介信，我便飄然發程了。幾天之後，我在印兌那波里斯街的路易斯君的家裏解了行裝，喫了火雞，于是催促主人，要到達庚敦的家裏去。

我凡在外國旅行的時候，總是帶着各樣的問題，一路隨便問過去的。我尤其愛問的問題，是要他舉出代表他的國度的生命的五個人名來。在英國，是有種種有趣的回答了。但美國人，却大抵在瞠目結舌的竭力掙扎之後，首先，到威爾遜，剛派斯之流爲止，是脫口而出的，以後，却無論如何，再也說不出了。尤其是一問到思想文藝方面，支配着現代美國的人名，則大抵的人，都不能回答。從中，好容易先加了「雖然不滿意」這一句前置，舉出來的，是小說家達庚敦。這達庚敦，是經過了奇特的變則的閱歷，成了現在的時行作家的。地方也還有，而他却住到離紐約頗遠的印兌那波里斯去。

我樣樣地用功，來看達庚敦的作品。然而一點不佩服。比起英國的文壇，像晴朗的秋夜，燦爛着滿天珠玉的一般來，同是英語國民，而不知怎地，美國的文壇却如此寂寞，這眞敎人只好詫異了。然而美國人既然愛讀達庚敦的作品，則作爲美國的研究者，也就總得去見一見他。我就因爲這樣想，這纔遠遠地跑到這里來的。

路易斯君親自駛着摩托車，到得白色洋灰所造的達庚敦的家門口。叩門一問，出來了一個使女，說道主人不在家，兩三日前往紐約去了。——然而奇怪，我並不覺得有失望之感。覺得不在家倒是好的。後來仔細地一想，知道我是原不怎樣願意會見達庚教的，是硬去訪問的。往訪的心，在我這里是未曾成熟的。

五　拿破崙的房屋

那第二天，我便坐了芝加各中央的快車，向紐阿理安去。這不但因爲要看看那地方，也因爲想橫斷那就在線路上的叫作開羅的小邑。

仍然是我的舊癖，還將「表現着美國人的國民性的代表作品是什麼呢？」到處問人。于是有兩三個思想家，說，是 Mark Twain 的 "Huckl berry Finn" 和 O. Wister 的 "The Virginian" 。我就專心來看 "Huckleberry Finn" 。在米希錫比沿岸所養成的亞美利加魂這東西，便淸淸楚楚，在小說裏出現。我的心，很被主角的少年 Finn ，駕着一片木筏，要免黑人沙克的被捕，駛下米希錫比河去的故事所牽引了。白晝藏在蘆荻間，以避人目，入夜，便在星光之下，從這漫漫的大川，儘向

米希錫比河風景

南行，每一遇見來船，便大聲問道：——

「開羅還沒到麼？」

這使我很悲痛。因爲一到開羅，這奴隸的沙克便成爲自由的人了。我彷彿覺得，倘不一看米希錫比的兩岸，和寂寞地躺在那邊的開羅這小邑，則亞美利加的風調，是不能懂得的。

快車橫度了這街市之際，是在夜半。

好幾回，我從臥車的窗間，凝眺着窗外的夜。待到看見開羅的小邑，睡在汪洋的米希錫比的岸上，便變了少年Finn那樣的心情，將心釋然放下了。至今回想起來，孩子似的，這樣的行旅之心，却比大事件還要深深的留在心底裏，這是連自己都覺得驚異的。

第二天早晨，我總從火車的窗間，見了叫作「西班牙苔」的植物。這是從Finn的故事中，成了我所懷念的物品，一向期待着的。在紐阿理安的近旁，兩岸都是濕地，浸着油似的水的沼澤裏，滿生着碩大的熱帶植物。在那幹子和枝子上，就掛着蒙茸的鬚髯一般的西班牙苔。因此，我總覺得有到了南美之感了。

紐阿理安的市街，是破了千篇一律的美國都市的單調的。南國氣的樹木，法國式的道路，還有走在街上的克理渥勒（Creole）的年青婦女們，這些倘不在初來訪問者的心中，唆起眞像旅行的興致，是不會干休的。

在大路轉左，走一點小路，左手就有嵌着西班牙式格子的，昏暗的舊式的建築物。是略帶些黃的灰色的木造樓房，實在是古色蒼然。這便是有名的拿破崙的房屋。就想將幽居聖海倫那這孤島上的一世之雄，暗暗地偷了出來，謀畫着的法蘭西人，在世界到處，眞不知有多少呵。有一組，就也住在這紐阿理安。是法國植民地的路易斯那州的人們，想用了什麼法，將這英雄從英國人的虐待的手裏奪回，在這美麗的海濱的市上，送他安穩的餘年的。

然而當這新居落成，船也整裝待發，萬端已備的時候，拿破崙病死之報，却使一切計畫全歸畫餅了。百年之後來一訪尋，仿彿還使人覺得可惜。大拿破崙的足跡，是在克倫林的宮殿裏看見的時候，也曾頗有所感的；這命運之兒，其于刺戟全世界人類的想像的力量，實有一種不可思議的處所。使他那樣地悶死在聖海倫那孤島上，決不是大英國民的光榮。

六　威爾遜的祕書

然而去訪威爾遜的時候，我的心是完全成熟了的。

一到他所住的華盛頓的市街，我心裏便洋溢着歡喜。在旅館的房裏竟似乎坐立不安了，我便在闇夜中，繞着白堊館的周圍走了一遍。這較之六前年曾經到過的一樣的街，仿彿覺得已是意外的尊嚴之地了。仰望着電燈點得明晃晃的樓上的房子，自己想：他還在那屋子裏辦着事呢。原來世界戰爭的指導原理，是就在那電光之下織造出來的。和靜穆的闇夜的情調相合的一種崇高之感，便充滿了自己的胸中。

幾天之後，就將帶來的紹介信，幷自己的信寄給大統領的祕書長泰瑪爾台（J. P. Tumulty）了。過了好幾天，沒有回信。因爲等到一週間也還沒有回信，我便在寫信給住在加釐福尼的藹里渥德夫人的時候。順便提到了這件事。這信一到，夫人便打一個快電來。說：「請速將我寫的給威爾遜夫人的紹介信，直接送給她。」我于是立卽照辦。信一送去，就從威爾遜夫人得了指定面會日期的客氣的回信。這樣，我便在停戰條約簽字的三日之後，得了和威爾遜夫婦從容談話的機會了。

那時的談話，已經記載過好幾回了，現在無須再說。但我所覺得很有趣味的，是祕書泰瑪爾台君的心思。

泰瑪爾台君者，自從在威爾遜退隱的翌年，作了「威爾遜傳」以後，他這人物的輪廓也因此非常分明起來。他是懷着特出的政治底才能的人，並且誠心佩服着威爾遜的。那麼，當他收到我的信札的時候，一定想，麻煩的東西又來了呵。于是又想，還是設法回絕他罷——因爲這是做祕書的人的共通的心理狀態。體帖主人的他，是深怕爲了一個並無要事的日本人，多破費大統領的工夫的。但又想不出回絕的合宜的口實。于是他一定將那信塞在桌子的抽屜裏，豫備兩三天後再回信。過了兩三天，大約又因爲蝟集的事務，將這完全忘掉了。倘使我沒有得到藹里渥德夫人的電報，也許至今還在等候泰瑪爾台君的回信的罷。

從摩託車王的顯理福特（Henry Ford），我也有過一樣的經驗。那也就因爲寫信給了祕書，所以弄壞的。因爲說見，而且另外還有事，我就從紐約往兌德羅特去了。出來了一個叫作什麼名字的祕書，問我什麼事。並無什麼大不了的事情的我，便忽然之間，陷在不得不和這位祕書先生來發議論的絕地裏了。終于也不給我見福特。而原也並不很有會見福特的熱心的我，也就聽其自然，不再用別的法，退了出來。我在這一見似乎太不客氣的祕書的應對中，見出他體帖主人的誠實，是承認他的立脚點的，但同時也自己想，倘想去見闊氣的人，那就千萬不可經祕書的手。凡有要闊的人，都是意外地單純的。惟猝然相逢，來分獨戰的勝敗。

七　雨的亞德蘭多

我從有意要做威爾遜的傳記以來，已經十二年了。就像逐漸滑進沼地裏去了的一般，只是埋頭在搜集材料上，還沒有完功。然而單就搜集材料而言，却很費了一些徒然的勞力，和看不出來的苦心的。其一，便是將和威爾遜有關的一切地方，都去看一遍。

大正八年（一九一九）三月，我在南方諸州的旅路上漂泊，訪了他的舊蹟的許多。他的出生地司坦敦，他的結婚地薩文那，他的負笈之處沙樂德韋爾。但尤使我覺得深的趣味的，是他初涉世間，來做律師的亞德蘭多市。

來自茀羅理達的我的火車，到得喬治亞州的名邑亞德蘭多市，是早晨八點鐘。作爲這地方的健康地，病後保養的人們來得很多的這都市，是名副其實的美好的地方。四圍的連峯，將沿河的這市團團圍住。無冬無夏，都是美麗的景色，那當然是一定的。然而這早晨，是很大的雨。飛沫沛然，使車窗的玻璃都昏暗了。到亞德蘭多市，是在太煞風景的早晨呵，我一面想，一面將行李裝在摩託車上，到了市邊的一個乾淨的旅館。用膳之際，有很懇切的中年人和他的一家族來扳談，還交換了名片。將搗亂的男孩，可愛的女孩，也一個個介紹過。這樣的偶然的事件，是使人對于這市的感情，格外好起來的。

午後，我冒雨去看目的地。那是在瑪里遏多街四十八號的很大的十一二層的高樓，在市上的最爲繁華之處。是細長的煞風景的建築，烏黑的石造房。正門呢，因爲正値下雨，暗到像黃昏；裏面是點着電燈之類。全不是因爲醉狂，來站在雨裏看這樣的房子的，我浴着綠雨，立在街角上，怎麽看那麽看，却戀戀地眺着這建築。因爲這二層樓的窗裏，就是威爾遜開法律事務所的地方。

我的心裏，湧上一種可笑味來了。我想，這窗上，恐怕也如人們那樣，他也用金字寫過威爾遜法律事務所或者什麽，房門外是掛着招牌。而一個二十六歲的年青的大學畢業生，則將那瘦瘦的正像青年的身軀，每天儼然地走進這屋裏去。但徵之可信的史實，他是幾乎毫無生意的。

每月只有一個或是兩個顧客的他，便和對手的萊納多一同，像簷下結網的小蜘蛛一樣，度着沒有把握的日子。他在開業以前的空想，那一定是很大的。以爲一兩年內，便風靡了亞德蘭多，幾年之中，要成爲全州屈指的律師的罷。然而和豫料相反，這些無名青年的事務所，並沒有什麼枉顧的人們。

這冷落和失敗，就作了他一生的一大轉向的機緣的。他覺得這樣下去，是不行了。于是任憑這昏暗的事務所的冷落，立志來研究他所喜歡的政治學了。經過一年之後，他便閉了這趣劇的幕，再做學生，去進訶布庚大學的大學院。至今還算作美國政治文獻之一的「議院政治」這一篇，就在那時脫稿的。而且這又作了動機，使他以政治學者顯于世，一轉而入政界，化爲人文史上的人了。

所以，假使他的這亞德蘭多的法律事務所很興旺，他也許終生不變政治家，也不做普林斯敦大學校長，也做不成戰時的美國大統領的。也許以一個有錢的律師，至多做了一世的上議院議員算完結。這樣看來，他的做律師的大失敗，是產生了他的一生的幸福：所以這可憫可笑的事務所的遺蹟，倒是將文明政治家威爾遜送出世界去的恩誼之地，也說不定的。

這樣地想着的我，就一面濡着雨，一面凝眺着煙熏的舊屋子的二層樓。

八　拉孚烈德

明年的美國大統領選舉，是世界都將拭目以觀的一個大事件。歐洲政局的完全碰了壁的今日，支那政治的已經落了難以收拾的窮途的今日，在美國，將出現怎樣的大統領，以主宰他一國的對外政策呢？這事情，對于宛然坐在旋風裏面似的全世界，是萬分緊要的大事件。

作為這大事件的中心人物，羅拔拉孚烈德之名，便譁然而起了。

去年的下議院和上議院一部分的改選，是搖動了看去好像銅牆鐵壁一般的共和黨的本營，拉孚烈德所帶領的上下兩院中的進步主義者，遂俄然掌握了作爲第三黨的 casting vote（決定投票）；待到本年七月米納梭泰州的上院議員的補缺選舉時，選出了他所率領的農民勞動黨的約翰生，一脚踢去了援助哈定的候補者，于是看作下屆大統領候補者的拉孚烈德的名姓，便忽然載在人口了。而且這還成了日本人也不能以雲烟過眼視之的名姓了。

然而，他之爲美國政界的人傑，却並非從今日開頭的。只要沒有一九一二年二月間的羅斯福的變心，他也許就在那年破了威爾遜，當選爲大統領了。

是還在繼續開着巴黎的平和會議的大正八年五月的初頭。當薰風徐來的爽朗的日曜日的午後，我浴着溫暖的日影，按着華盛頓市街北首的一所木造樓屋的門鈴。門一開，就有熱鬧的笑聲，從森閑的家裏面溢出。大門內右邊的一室，看去像是食堂，大約從教堂回來的人們，剛剛用過膳。我被引到左手的客廳裏，等着。木桌一頂，同是木做的椅子七八把，在多用雅潔的灰黑色屋子中，洋溢着素朴之氣。

足音橐橐，主人進來了。是一個矮小的人。我先這樣想。接着又覺得：是奈良人形（譯者注：傀儡子）似的並不細細斲削的人。肩是方方的，兩脚像玩具的兵隊一般整整齊齊地排列着。而在通紅的臉上，兩眼炯炯地發着光。大概是Pompadour式而向後掠了的頭髮，都筆直地站着。于是伸出手來，用了粗大的聲音道：——

「來得好呀！」

握了的那手，是大而有力的。我想，不錯，這人是拉孚烈德了。因爲確是和我的豫料相合的人。不見他，便不願離開美國的我，單是一握手，就覺得很喜歡。

當剛剛坐在椅子上的時候，便已非同小可了。因爲回答我的詢問，他便先講起正在美國西北部增長勢力的 Non partisan league（非鉤黨同盟）的事來。由那會員所推選，將出席于明年的大統領選舉場裏的他，于是又將美國農民的窘況和資本家的暴狀，講得滔滔不絕，終于說到農民黨成立的情形。正在火一般激昂着開談的時候，不料他忽然抓住我的左肩，向前就一扯；猝不及防的我，便幾乎滑下椅子來。我趕緊兩脚用勁一撑，這纔踏得住。我實在更其驚異于奇特的這老政客的熱情了。但他自己，却彷彿全不覺得那些舉動似的，立刻又放掉了我的肩膀，去接着講那Non partisan league 的事。

他後來又講到那開山祖師喬治羅夫泰斯(George Loftus)的葬儀。並且將他那時在葬儀的追悼演說上所講的話，喊了起來：——

「他雖死，記得窮人的他之志是不死的！」

即刻又抓住我的右足，用力的一拉。因爲先前的意外拳脚，我這邊原也一向小心戒備着了的，待之久矣，就一面用兩手緊緊地揑住椅子的靠手，對付過去了。

他搖動着頭髮談天。鬬志滿身；原來，當歐洲戰爭中，高唱平和論，雖身命垂危，而毫不介意的熱情就在此。

惟有廣大的米希錫比的平野，會生出這樣的强烈的情熱的男子來。而會見這樣的人，乃是旅人的時而享受的幸福。

約一點鐘，與辭出門的時候，我的兩頰熱得如火。自有生以來，這纔訪了所謂快男子的人物了。

九 新渡戶先生（上）

「喂喂，那可有了出色的事情了呵！」前田多門君在門外大聲嚷着，進來了。

正是大學的學年考試纔完，還未想定往那里去過夏的時候，我就隨便住在下二番町的義兄家裏的書生房中。是梅雨忽下忽晴的時光，度着頗爲懶散的生活。

又是前田的照例的嚇人罷了。我估計着，故意裝作坦然模樣，頭也不回。于是他慌忙脫去展子，走了上來，顯出報告一大事件似的臉相，說道：——

「明天晚上，新渡戶先生那里，叫我們兩個喫夜飯去。」

我想，這誠然是大事件了。據說，還是因爲前田自以爲脚力健，搖搖擺擺在東京的街上走，不知在那里遇見了先生，就叫他和鶴見兩個人來喫夜飯。他于是穿了朴齒（譯者注：厚的屐齒）的晴天屐子飛奔，來到我這里的。先前當作胡鬧，盤着兩臂，立了聽着的我，後來也漸漸覺得這是並非尋常的事件了。

這是明治四十年（一九〇七）之夏，新渡戶博士從京都到東京，來做第一高等學校校長的第一年。那時曾做東京的學生的人們，現在也還分明記得的罷。當那時候，在思想方面，感到落寞而不知所嚮的東都的學生們，對于初在敎育會的中心出現的新渡戶博士，是怎樣地抱了純眞的憧憬之情的呢？這是，就如黎明之際，朝日初升一般的輝煌。我們感到，似乎世上同時光明了。先生站在第一高等學校的講堂上，試行新的講論時，許多學生，都在年青的胸中，覺得血潮的怒吼。我們感到，這似乎就是我們所尋求多日，而未能尋到的新的生命的奔騰。當一種熱情的高漲的瞬間，竟連將先生當作神看的人們也還有。先生是全然風靡了當時大部分的青年了的。對于先生的演說，是跟着聽。三五人一聚集，便將那感與，一直談論到深更。

這是踴躍于青年們的心中的，人格憧憬的情緒。

因爲是到這先生的地方去喫飯，所以自然是大事件。我們就大家商量起來。從小生長在東京的前田，很通世故，想出好方法來了。先將服裝議決爲制服。

忽然，一種想頭，電光似的透過了我的腦中。

「那個，先生的夫人，是西洋人呀。」我說。

「所以呵，所以不得了呵。」前田認眞地說。「總之，從此還有一天半，如果不再練習會話……。」

于是兩人擠盡了所有的聰明。但在一天半之中，英語的會話也不像有進步。

「你不是敎會學校出身的麼？」我有些淒涼，便這樣詰問前田。因爲我想，他是築地的立敎中學出身，所以比起岡山中學出身的我來，應該好得遠。

「但是，你不是自負着，在英國法律科，聽過夏目先生的講的麼？」他就給一個回敬。在第一高等學校，前田是德國法律科。

「曖，那是英文學呵。」我回答說。這意思，猶言英文學是和會話之類全然不同的高尙的東西。

「總而言之，如果師母來講話，我們只要回答 yes, certainly，那就可以了罷。」停了一會，他說。

但是，當最初相見，我們要說自己的名姓的時候，是應該說 I am ……的呢，還是說 my name is……呢，却終于沒有把握。然而即使兩個人搬出無論多少的空的聰明來，一加一還是成不了八或十。這樣子，就在不知不覺之間，將先生擱起，我們的頭裏都塞滿了對付師母問題了。于是睡了一覺，就到第二天的晚上。

十　新渡戶先生（下）

早晨下起的雨，到傍晚停止了。是悶熱的天氣。我們倆身穿打皺的制服，脚登泥汙的皮鞋，在小石川高臺的先生的宅門口出現了。那是現在是已經拆掉了的舊房子，昏暗的宅門裏的左手，有大約十張席子大小的一間日本風的洋房。這就是客廳。以為師母大約就是住在那裏面的，我們都喫了一嚇。

使女引路，走進裏面去，卻是先生之外，只還有一個年青的紳士。總算先是放了心，一站定，先生便坦率地從椅子上站起來：——

「來得好。多麽熱呀。」他說，「我來紹介罷，這一位，是這回剛從亞美利加回來的有島武郎君。」

說着，也將我們紹介過。阿阿，這就是有島君麽，我心裏想着，細細地看他。先生將這以前的札幌農學校的教授時代的事，談了好幾回。每一回，總是「有島，有島」的，用了對自己的孩子一般的親密談着話。我們也就不知不覺地，以對于兄弟似的親密，記得了這人的名字了。

有島君穿着黑黑的洋服。潑剌的紅臉，頭髮和鬍鬚的黑，很惹人眼睛。我覺得他微微瘦小點。

這一晚的各樣談話中，惟獨有島君的這一段話，還深深地留在我腦裏：——

「這樣，先生，我就在那街我……（是我所不知道的街名，聽不清），會見了眞是所謂『自然之兒』那樣的孩子。那就是我寄寓着的家裏的孩子，還只八歲，非常喜歡動物的。整天都和小鳥之類玩着的。但是，有一天，一匹小鳥死掉了。于是這孩子就掘了一個洞，埋下那鳥兒去，上面放了花。這樣，就將這鳥兒的事忘得乾乾淨淨，又和別的小鳥玩着了。那樣子，實在見得是很自然，像和自然同化着似的。」

我一面聽着這些話，一面想，爲什麽這事情就有那麽有趣呢？我又想，爲什麽有島君那麽有趣地，講着這事的呢？此後也常想問問有島君，但一見面便忘却，終于沒有問算完結了。然而總覺得有島君之爲人，彷彿于此就可見，後來我時時記得起來。

門外漸漸暗下來了。一看，微微斜下的院子的那邊，有一株老梅樹。大約是先生的親眷罷，有兩個年青女人在那樹的地方談天。這在夕陽中，還隱約可見。

使女來請喫飯，先生在前，四個人都出了這屋子。似乎記得是順着舊的廊下，我們走到裏面的食堂。我們又在戒備着了的太太，還是連影子也不見。

喫着蒸饅，先生講了許多話。對于先生，是尊敬透頂的；有島君又是剛從外國回來，看去未免有些怕，前田和我，便都不大敢開口，只是謹愼地傾聽着。

飯後，又大談了一通札幌的事和亞美利加的事。聽說有島君是要往札幌農學校去做先生的。顯着滿是希望的臉色，他也講了各樣的話。現在想起來，那實在是年青氣銳的有島武郎君了。先生呢，是滿足地看着多年培養出來的淘氣兒郎的發達。充滿着兩頰發燒那樣的感激，我們走出了先生的宅門。于是踏着濡濕的砂礫，向大門那面走。

「好極了！」一到門外的暗中，我們倆不約而同的說。

什麼好極了呢，感激着什麼呢？這倘不是二十一二歲的青年，是不能知道的。

是我們的胸裏，正充滿着「往訪的心」的。

將這一篇，送給正在日內瓦辦事的前田多門君。

指導底地位的自然化

一

我們現今是坐在旋風中。以非常的速率進行的風，向了幾十百不同的方向奔騰着。一切個人，都在這風壓裏飄蕩。這是洋溢于全世界的思想底混亂的大暴風雨。歐洲戰爭，將從來的傳統底精神的錨切斷了。無論怎樣寬心的人，也不能抱着照舊的思想，安心度日的時代，已經來到了。只要物價騰貴這一個原因，就足夠動搖全世界民衆的生活。永久地繫着民心，直到現在的思想，制度，習慣，都要失掉牠的後光了。

這樣的思想底混亂，却也非從今開始的。就散見于從來的歷史裏。而我們的祖先，就都是在這樣的試練上及了第的。沒有惟獨我們，却偏是受不住的道理。

這所謂混亂者，用別的話來說，是「指導原理的喪失」；要再講得平易些，那就是說，沒有了指導者了。也就是，無論誰的思想，都不足以風動全國民，無論誰的地位，都不能博得全民衆的信仰了。

人類的集團生活，是常在尋求指導者的。這並不限于人類，是一切生物所共有的強有力的本能。我們在飛翔空中的鳴雁裏見到，在徜徉牧場上的牛羣裏見到。尤其是在人類生活上，我們一嚮就用慣了各種的名稱，來稱這指導者。有時當作半神半人的帝王，有時當作神的代理的僧侶，有時當作民衆的偶像的英雄底政治家，有時當作代表民衆的思想的大詩人，有時又當作保護民衆的國土和生命財產的強有力的大將軍。而我們的祖先，就憑着對于這指導者的無反省的信賴，放心而耕田，織衣，搖船過活。這是非常安心的太平的時代。

然而，和民衆各個人的自我的發達一同，我們就漸不能像先前那樣，簡單地承認別人的思想和地位了。尤其是，教育的發達和個人自由的進展，是減小了人和人的區別的。于是到了看見下屬對主人下跪的舊戲，也要氣忿的時代了。今日對于我們的指導者，倘不是那人的思想裏，有着使我們以爲實在不錯的東西的人，是不中用了。到了在這令人以爲實在不錯了的「領會」之後，這纔施行政治的時代了。

然而歐洲大戰的暴風雨，又破壞了這「領會政治」的基調。先前覺得實在不錯的事，已經不能以爲不錯了。「愛國，是人間第一緊要事。你們爲了國，執劍而戰呀！」歐洲的政治家們如此疾呼。覺得實在不錯，許多民衆便上戰場去戰鬬。「這一戰若勝，便得到永久的平和了！」政治家們如此絕叫。覺得實在不錯，一百三十萬個法國的青年，便死在砲彈之下了。于是訂立了維爾賽的平和條約。這全不是什麼永久的平和。不過是人類爲了下次的戰爭，另穿一副武裝。這是蠢到幾乎無話可說的事。于是，當大家覺得政治家所說的事，都是說謊的時候，「領會政治」的基調，便從民衆的心裏消失了。而站在「領會政治」的基調之上的指導者階級，便也將那地位喪失了。到處尋覓　都尋不出足以替代的新的光。而替代「領會政治」的「暴力政治」，便在各處擡頭了。這不過是往昔每當民衆失了指導原理的時候，也曾屢次玩過了的丑角戲。暴力者，是只要民衆的眼一醒，立刻消得無踪無影的雪羅漢一樣的東西。

但現代的指導者的喪失，我們却不能如嗤笑暴力政治之愚一般，輕易放過的事象。我們究竟是需要指導者呢，還是不要呢？又，所謂指導者，是指怎樣的人呢？凡這些，都有仔細地加以檢討的必要的。

二

凡生物，取了集團底行動的時候，其中必有指導者。那指導者，有時是永續底的。牛和馬的羣中的指導者，本能底地，就有着指導的精神。此外的牛和馬，則永是服從着這一頭的指導。非到有比這一頭指導者更强的指導者出，爭鬬而奪了他的地位，則這一頭指導者，是總作爲幾十頭的指揮者，生活下去的。別的幾十頭，都唯唯諾諾地服從牠，藉此保全着集團生活的統一。

和這相反，如狠羣走尋食餌的時候，則每匹每匹，無不强烈地意識着指導底本能。一走到山中道路的的岐路之際，一匹要向左，一匹要向右，意見就分開了。這時候，別的狠的心中，便起了應當服從向左的狠，還是向右的狠呢的選擇。于是牠們從這兩匹指導者之中，將那能力——嗅覺，視覺，聽覺等——的優等的，認爲指導者，跟着向牠所指導的方向去。在此時，這狠便占了指導者的地位，統率着一羣的狠而前行。

我們人類的指導底地位，那情形未必一定也這樣。然而指導底地位所以發生的本源，却也如狠，一定是奉一個對于目的有最優的能力的人，作爲指導者，在那目的的存續期間，甘受他的統率了的。但這指導者，利用了自己的出衆的地位，久佔着這位置；其甚者，且以世襲的形式，將這傳給並無什麼指導底優越性的子孫了。因此，雖有眞的指導者出現，也非用鬬爭的形式，便不能奪得這指導底地位。這鬬爭，古代是用了憑武力的戰爭的形式的，近代是用着憑投票的選舉的形式。有時也有更進而並不依靠選舉，却只由一般國民對于思想發表的同感，在政府當局者以外，出了事實上的指導者。凡這些，就都是出于營着集團生活的生物的本能的。

三

人類生活的基調，是在協力。我們單用一個人的力量，是什麼事都做不成的。一切生活的形相，全仗着和別人的協力而達成。爲了協力，則指導和服從的關係就必要了。這所謂指導和服從，並非上下的區別。僅僅不過是目的達成上的便宜。我們往往容易將指導的意義，政治底地來解釋；但將在政治以外的部門的指導和服從的關係，正在逐日增大起來的事，倒閑却了。例如，指導和服從的關係之顯然者，殆無過于美術，文藝，工藝這些方面。畫家的天才，對于社會所有的指導底地位，是頗爲自然，毫無上下的關係的。而善于營造美好的房屋的木匠，也分明是這一部門的偉大的指導者。

所以指導者的存在，是人類生活的必需不可缺事。倘沒有他，我們是不能營日常生活的。一經發見了這指導者，便服從他，是我們的重要的生活條件。

四

然則我們怎樣發見指導者呢？這是相隨而起的重要的問題。但爲了發見指導者這一件事，我們還應該先將所謂指導者的職能，加以檢討。

我想，向來的指導者的意義，和現代生活背馳起來了的事，是指導者喪失的一個原因。爲什麼呢？古代的幼稚的社會裏，所謂指導者，就只有一個人。就是稱爲帝王呀，大將軍呀，大政治家呀那樣的人，就只一個，指揮着，統率着一切方面的事象。甚至于還照了帝王的趣味，連那一時代的音樂，美術，文學，詩歌，都受支配。像這等，從現代人看來，是可笑的沒道理；但是服從着了的。換句話說，便是那時的意思，以爲指導者的職能，是具有包舉人類生活一切部門的指導權。

然而和人類的發達一同，行了指導者的分科了。政治底指導者單是政治，軍事底指導者單是軍事，教育底指導者單是教育，那指導的職能，逐漸分科起來了。就是，指導者職能的專門化，是人類文化發達的歸向了。

于是，我們就有轉而檢點今日的指導者的內容，究竟是否適合于今日的我們的文化程度的必要了。仰那素有政治底能力的人，爲政治底指導者，是合乎道理的。然而因爲這，却也將他所作的頗爲拙劣低級的詩文，讚美到好像貴重的文獻，這又有什麼必要呢？詩歌上的指導者，總該另有備具這一種天才的指導者在那里的。我們以一個善于理財的人，當作理財方面的指導者，那是好事情。但爲什麼，又必須承認他的低級的倫理觀念　作爲一國的國民思想的標準呢？關于倫理觀念，總該會有特具天稟的思索力的天才，另外存在着的。

關于指導者的觀念，我們不抱着時代錯誤底思想麽？在現今的進步的時代，我們所可容認的指導者云者，並非以一個人，來指導統率地上萬般的事相的人之謂。這是，明明白白，是分了千百方面的，爲着特殊的目的而存在的指導者。

在這意義上，即現代的每一個人，是莫不具有各依天稟，可作別人的指導者的潛在能力的；而在那能力的自覺上，就約定着人類生活的向上和發達。

五

將指導者的意義，定爲如此，則指導者的發見，就不很難了。凡有長于一藝一能的人，無不各從其藝能，是指導者。作爲人類的別的人們的義務，即在隨從這人的天賦的處所。

惟于此有成爲最重要的問題者，是那指導底地位的存續期間。

據向來的歷史看起來，人類是一旦占得指導底地位，便發生勿使失去的強烈的慾求的。那結果，是這指導者的地位，很容易變成立于自然淘汰的法則之外的特殊的階級。換了話說，就是指導底地位的職業化。

人類生活的不幸的大半，即起因于這指導底地位的職業化。古代羅馬共和國之所以繁榮，是因爲所有市民，入則爲農，出則爲兵，一旦有緩急，便從市民中選出大將，授以指導統率的全權，國難既去，復降之于市民之列，毫不使指導底階級，至于職業化的緣故。但到羅馬共和國的中葉，蘇耳拉(Sulla)和瑪留斯(Marius)兩將出，蓄養私兵，自行獨占永續底指導者的地位，削市民的自由，而共和制的基礎遂亡，開了國家陵夷之端了。在我國，也是及中世封建的制度成，武門武士，以天下的政柄爲私有，而古代日本的盛運掃地，作了文化停頓之俑的。幸藉王政維新的大業，摧破了職業底指導階級，而打開四民自由的境地，纔見生動之氣，又鬱然磅礴于六十餘州了。

六

我們轉而一考察現代世界上的人心動搖的事相，是在舊的指導者的幻滅，和新的指導者的未到。尤其是，在日本的今日的我們，竟沒有能够指導民衆思想的歸向的天才。也沒有能圖民衆生活的安定的政治底指導者。也沒有可作民衆文化的中心的藝術家。然而，較這些更是缺憾的，則爲在各市村各離落間的指導者的喪失。而同時，這也是世界共通的病症。

這救濟，惟在打破了指導者的階級化和職業化，自由地行着指導者的自然底選擇的時代，纔能達成。而且必須大家都知道，這指導者的內容，並非如向來那樣包括底，籠統底，而是對于各目的，當各時期，是自然而特殊底的內容。

基爾特社會主義的人們，竭力主張職能的政治。因爲他們是連廣泛而包舉底的政治這件事，也不像先前那樣，一般底地，統一底地設想，却以爲應該各依部門，來分那代表者的。這是文化發達的徑路。英國的文豪威爾士的近著「如神的人們」中說，在烏託邦裏，就沒有政治那樣的東西。這就因爲作爲職業，來統治別人的事務，是用不着了。因爲各個人都依着他時時的必需和能力，自然而且自由地行着政治，所以特地設立一種叫作政治的事情，又設一種叫作政治家的職業的必要，也沒有了。這自然只是他所描寫的理想鄉的夢。但也未始不能設想：一到人文發達的極致，便極其自然而然地，人類都成指導者，也是被指導者，于是也就不再使用這樣的名稱，自然地轉變下去，更革下去了。

然而，縱使還未到那麼圓融無礙的時代，至少，我們在現代，也不可不從新想過那指導者的內容，而涵養着對于眞實的指導者，則整然從其指導的心境。而且，爲了那自然的指導者的出現，我們還應該將不自然的職業底指導者階級，一掃而去之。全世界共通的煩惱和掙扎就在這里。

（一九二三，六，二八。）

讀的文章和聽的文字

有一天，亞那托爾法蘭斯和朋友們靜靜地談天：——

「批評家時常說，摩理埃爾(Jean B. P. Moliere)的文章是不好的。這是看法的不同。摩理埃爾所措意的處所，不是用眼看的文章而是用耳朶來聽的文章。爲戲曲作家的他，與其訴于讀者的眼，是倒不如訴于來看戲的看客的耳朶的。看客是大意的。要使無論怎樣大意的看客也聽到，他便反覆地說；要使無論怎樣怠慢的看客也懂得，他便做得平易。于是文章就冗漫，重複了。然而這一點還不够。又應該想到扮演的伶人。沒本領的伶人，一定是用不高明的說白的。于是他就構造了遇到無論怎樣沒本領的伶人也不要緊的的文章。

「所以，使看客確鑿懂得爲止，摩理埃爾常將一樣的話，反覆說到三四回。「六行或八行的詩的句子裏，眞的要緊的大概不過兩行。其餘就只是貓的打呼盧一般的東西。這其間 可以使聽衆平心靜氣，等候着要緊的句子的來到。他就是這麼做法。」

這文豪的短短的談話中，含着有志于演說的人所當深味的意義。

文章和演說之不同，就在這里。訴于耳的方法，和訴于目的時候是全然兩樣的。所謂聽衆者，凡事都沒有讀者似的留心。簡潔的文字，有着穿透讀者的心胸的力量，然而在聽衆的頭裏，却毫不相干地過去了。聽衆者，是從贅辯之中，拾取興趣和理解的。像日本語似的用着象形文字的國語，演說尤不可簡潔高尙。否則，只有辯士自己懂。

法蘭斯還進而指出摩理埃爾很注意于音律的事來。既然是爲了訴于耳的做戲而作的劇本，則音律比什麼都緊要，是不消說得的。

一

雄辯的大部分，是那音調和音律。有好聲音，能用悅耳的音律的人，一定能奪去在他面前的聽衆的魂靈。凡是古來的雄辯家列傳中的人物，都是銀一般聲音的所有者，而又極用意于音樂底的旋律的。因此，在今日試讀古代的著名演說的記錄，常常覺得詫異，不知道如此平凡的思想和文章，當時何以會感動人們到那麼樣。這是，因爲，雄辯者，和彫刻是兩樣的，是屬于不能保存至百年之後的種類的。

二

因此，所謂眞正的雄辯家，我以爲世間蓋不易有。人格之力，思想之深以外，還必須具備那樣的聲音和樂耳。我時常聽人說，要學演說，可以到說書的那里練聲音去。但這一說是難于贊成的。從說書和謠曲上練出來的有一種習氣的聲音，決不是悅耳的聲音。況且在這些職業的聲音的背後的聯想，也毀損這應該神聖的純眞的雄辯的權威。眞的雄辯家，一定也如眞的詩人一樣，是生成的。縱令約翰勃賚德（John Blight）是怎樣偉大的人物罷，但他倘沒有天生的銀一般澄徹的聲音，則他可能將那一半的感動，給與那時的英國人呢，是很可疑的。

三

所以，所謂文章家和所謂雄辯家，是否一個人可以兼做的呢，倒很是疑問。訴于耳的人，易爲音律所拘，訴于目者，又易偏于思想。假使有對于文辯二事，無不兼長者，則他一定是有着將這二事，全然區別開來，各各使用的特別能力的天才。

（一九二四，六，三〇。）

所謂懷疑主義者

一

波士頓的學者勃洛克亞丹的名著「摩那調舍支州的解放」的再版，隔了四十年之久，重行出世的時候，有一個批評家評論這本書，以爲勃洛克亞丹是悲觀主義者(Pessimist)。還說，在世上，眞的所謂悲觀主義者這一類人，實在很少有，所有的大概是居中的樂天家。要成爲眞的悲觀主義者，是須有與衆不同的勇氣的。我想：這是至言。

凡悲觀主義者，並不一定便是懷疑主義者。但這兩者幾乎是比鄰的兄弟，倒是確鑿的。而且要成爲這澈底的 Sketch-book（小品集子），也一樣地很要些與衆不同的智能和勇氣。

二

有一天，約翰穆來去訪格蘭斯敦的隱居了。這是格蘭斯敦從政界脫身，靜待着逐漸近來的死的時候。穆來走進他的屋子裏去，格蘭斯敦正在看穆來的名著「迪兌羅」。他拿起這書來，說：──

「便是現在，你也還和做這本書的時候一樣意見麽？」

穆來默着點點頭。

格蘭斯敦放下那書，說道：──

「可惜。」

只是這樣，他們兩人便談論別的事了。從熱心的基督教徒的格蘭斯敦看來，他對于幾乎是第一摯友的穆來卿，至今還依然持續着壯年時代的無神論，並且讚歎着也是無神論者的迪兌羅的事，要很以爲可惜，而且覺得凄涼，是不爲無理的。

這故事，是穆來到了八十二歲，自己也已經引退的時候，對着去訪他的朋友說的。在糾結在這英國的兩個偉人的插話之中，含着我們尋味不盡的甚深的意義。

他們倆都是自由主義的戰士；他們倆都是將偉大的足跡留在文化人類史上而後死去的人。而一個是以虔敬的有神論者終身，一個却畢生是良心銳敏的無神論者。現在是兩個都不是這世上的人了；嚴飾過維多利亞女王的治世的兩個天才，都已經不活在這世上了。

這樣子，在隔海幾千里外的異地，靜想着這兩個英國人的事，便會有很深的感慨，湧上心頭來。

究竟，所謂 Sketch-book 者，是什麽呢？

三

亞那托爾法蘭斯的家裏，聚集着兩三個好朋友。這是他正在躊躇着「約翰達克傳」應否付印的時分。有一個忽然說了：——

「反對者說，你似的 Sketch-book ，是沒有觸着這樣的神聖的肖像的權利的。這話還彷彿就在耳朵邊。」

于是先前安靜地談講着的法蘭斯便驀地厲聲大嚷起來：——

「說是 Sketch-book！說是 Sketch-book！是罷。他們是就叫我 Sketch-book 的罷。他們以為這是最大的侮辱罷。但是，在我，是再沒有比這更好的稱讚了。

「Sketch-book 麼？法國思想界的巨人，不都是 Sketch-book 麼？拉勃來(Rabelais)，蒙丁（Montaigne），摩里埃爾，服爾德，盧南（Renan），就都是的。我們這民族中的最高的哲人，都是 Sketch-book 呵。我戰慄着，崇拜着，以門弟子自居而尊崇着的這些人們，就都是 Sketch-dook 呵。

「所謂懷疑主義者，究竟是什麼呢？世間的那些東西，竟以為和『否定』和『無力』是同一的名詞。

「然而，我們國民中的大懷疑主義者，有時豈不是最肯定底，而且常常是最勇敢的人麼？

「他們是將『否定說』否定了的，他們是攻擊了束縛着人們的『知』和『意』的一切的。他們是和那使人愚昧的無智，壓抑人們的癖見，對人專制的不恕，凌虐人們的慘酷，殺戮人們的憎惡，和諸如此類的東西戰鬭的。」

年老的文豪的聲音，因憤怒而發抖了，他的臉緊張起來，而且顫動着。他接續着說：——

「世人稱這些人們為無信仰之徒。但是，當說出這樣的話之前，我們應該研究的，是輕率地信仰的事，是否便是道德；還有，對於毫無可信之理的事，加以懷疑，豈不是在眞的意義上的『强』。」

在這一世的文豪的片言之中，我們就窺見超越的人的內心的祕密。

懷疑，就是喫苦；是要有非常强固的意志和刀鋒一般銳利的思索力的。一切智識，都在疑惑之上建設起來。凡是永久的人類文化的建設者們，個個都從苦痛的懷疑的受難出發，也是不得已的運命罷。

我們孱弱者，智力不足者，是大抵爲周圍的大勢所推盪，在便宜的信仰裏，半呑半吐的理解裏，尋求着姑息的安心。

誰能指穆來的純眞爲無信仰之徒呢？誰又竟能稱法蘭斯的透徹爲懷疑之人呢？這兩個天才，是不相信舊來的傳統和形式，悟入了新的人生的深的底裏的。但是，他們是在自己一人的路上走去了。所以，許多結着黨的世人，便稱他們爲不信之人。如果這樣子，那麼，誰敢保證，無信仰之人却是信仰之人，而世上所謂信仰之人，却反而是無信仰之人呢!?

（一九二四，六，三〇。）

閒談

世間忙碌起來，所謂閒談者，就要逐漸消滅下去麽，那是決不然的。倒是越忙碌，我們却越要尋求有趣的閒談。那證據，是凡有閒談的名人，大抵是忙碌的人，或者經過了忙碌的生活的人。

聽說，在西洋，談天的洗鍊，是起于巴黎的客廳的。人說，法蘭西人爲了交換有趣的談話而訪問人，英吉利人爲了辦事而訪問人。巴黎的馬丹阿培爾農的客廳，至今還是膾炙人口。這是有名的文人政客，聚在夫人的客廳裏，大家傾其才藻，談着閒天的。

在這樣的閒談裏受了洗鍊，所以法蘭西語的純粹，更加醇化了罷。

英國政治家的閒談的記錄中，也有一種使人傾慕之處。昨年物故的穆來卿，在做格蘭斯敦第三次內閣的愛爾蘭事務大臣，住在達勃林的時候，同事的亞斯圭斯，文人的來雅爾，來訪問他。就在鳳凰公園左近的官舍中，一直閒談到深夜。其時是初秋。夜暗中微風拂拂之際罷。忽然，亞斯圭斯從嘴上取去雪茄煙，問道：——

「假如現在驟然要被流放到無人島裏去了，而只准有一個人，帶一部或一作家的全集，那麼，你帶誰的書去呢？」

大家便舉出樣樣的作家的名字來。亞斯圭斯却道：——

「我是帶了巴爾札克(Balzac)的傳記去。」

于是談到巴爾札克的天才的多方面。穆來說，眞的天才，倘做了倫敦的流行兒，便不中用了。于是還談到無論是迭儀生，是渥特渥思，都離開了世間過活。裴倫(G. Byron)却相反，身雖在流竄的境地中，而心則常在倫敦的社交界，因此將作品的價值下降了。藹里渥德(George Eliot)是每星期只見客一次的，等等。

這時候，是穆來爲了愛爾蘭問題，正在困苦中的時候。他和這些遠遠地從倫敦來訪的友人食前食後閒談之後，彷彿是得了無限的慰藉似的。

在十月二十五日的日記上，他這樣寫着：——

「晚餐前後約一小時，亞斯圭斯，來雅爾和自己，作極其愉快的閒談。亞斯圭斯後來對吾妻說，從來沒有那麼愉快的談天過。那時我們談到穆勒和斯賓塞，還大家講些回憶和軼話。談話從我的心裏流水似的湧出。一月以來，沒有遇見過這樣的氣分。而且因爲晚餐，去換衣服的時候，忽然在自己的胸中，泛出了這些友而兼師的先導者的清白的人們的事，頃日來的政治上的重荷，便一時從肩上脫然滑下了。」

這一句，可謂簡而道破了閒談的價值。

沒有閒談的世間，是難住的世間；不知閒談之可貴的社會，是局促的社會。而不知道尊重閒談的妙手的國民，是不在文化發達的路上的國民。

（一九二四，六，三〇。）

善政和惡政

對于人類社會的生活，要求平等的運動，是起源頗早的。卽使不能一切平等，至少，單是我們的發揮能力的機會，願得均等的希望，懷抱着的却很多。這更加上一層限制，是希求僅于我們在或一方面的活動，藉了對于一切能力的公平的批判，得到評價。

我們是將文筆的世界，當作這樣機會均等的社會的。我們是以爲如沙士比亞，如巢林子，都和門第閱歷無關，只仗了他的思想和文章，遺不朽的聲價于文化史上的。然而，如果仔細地一檢點，眞是這樣的麼？假使沙士比亞所作的戲曲裏，表現着可使那時的英國王朝顚覆的思想，可能夠留存到今日不能？假使巢林子的文章，是否認當時的支配階級德川氏的政治思想的，果能夠印刷出來麼？要而言之，文學者的聲名，也不能和其社會的政治問題全無關係的。

據亞那托爾法蘭斯所指摘，則如法蘭西的文學者思想家視爲最上的名譽的法國學士院的會員選定，乃全由政治底情實，和作品的價值無關。他更進而舉出例來，以見歷來之所謂文豪，幾乎都藉了政治的背景，以造成他的聲價。他叫道：——

「朋友，從實招來罷，將那文學底聲名，和作品的價值幾乎無關的事。」

而他的歷坐的朋友道：——

「這錯處，是在法國學士院和惡政結了惡因緣。」

他就厲聲說：——

「那麽，請教你，惡政和善政的區別是怎樣的？我想着。豈不是善政者，是同黨的政治，惡政者，是敵黨的政治麽？」

一語道破，可謂諷刺徹骨了。我希望日本的善政論者們，玩味這文字的意味。

（一九二四，七，三。）

Anatole France

說幽默

一

幽默（humor）在政治上的地位，——將有如這樣的題目，我久已就想研究牠一番。幽默者，正如在文學上佔着重要的地位一般，在政治上，也做着頗要緊的脚色的事，就可以看見。有幽默的政治家和沒有幽默的政治家之間，那生前不消說，便在死後，我以爲也似乎很有不同的。英國的格蘭斯敦這人，自然是偉人無疑，但我總不覺得可親近。這理由，長久沒有明白。在往輕井澤的汽車中，遇到一個英國女人的時候，那女人突然說：——

「格蘭斯敦是不懂得幽默的人。」

我就恍然像眼睛上落了鱗片似的。自己覺得，從年青時候以來，對于格蘭斯敦不感到親暱，而于林肯却感到親暱者，原來就爲此。對于克林威爾這人，不知怎的，我也不喜歡。這大概也就因爲他是不懂得幽默的人的緣故罷。

二

缺少幽默者，至少，是這人對于人生的一方面——對于重要的一方面——全不懂得的證據。這和所謂什麼有人味呀，有情呀之類不同；而關係于更其本質底的人的性格。

嘉勒爾說過：不會眞笑的人，不是好人。但是，笑和幽默，是各別的。倘問：那麼，幽默是什麼呢？我可也有些難于回答。使心理學家說起來，該有相當的解釋罷；在哲學家，在文學家，也該都有一番解釋。然而似乎也無須下這麼麻煩的定義，一下定義，便會成爲毫不爲奇的事的罷。

倘問，幽默者，——日本話是甚麼？那可也為難。說是滑稽呢，太下品；說是發笑罷，流于輕薄；若說是諧謔，又太板。這些文字，大約各在封建時代成了帶着別的聯想的文字，所以顯不出眞的意思來了。于是我們在暫時之間，不得已，就索性用着外國話的罷。

三

倘說，那麼，幽默是怎麼一回事呢？要舉例，是容易的。不過以幽默而論，那一個是上等，却因着各人的鑒賞而不同，所以在幽默，因此也就有了種種的階級和種類了。

——熊本地方的傳說裏，有着不肯認錯的人的例子。那是兩個男人，指着一株大樹，說道那究竟是甚麼樹呢，爭論着。這一個說，那是槲樹；那一個便說，不，那是榎樹，不肯服。這個說，但是，那樹上不是現生着槲樹子麼？那對手却道：——

「不。卽使生着槲樹子，樹還是榎樹。」

我以爲在這「卽使生着槲樹子，樹還是榎樹」的一句裏，是很有幽默的。遇見這一流人的時候，我們的一夥便常常說：「那人是卽使生着槲樹子，樹還是榎樹呵。」

這話，是從友人岩本裕吉君那里聽來的。在一個集會上，講起這事，柳田國男君也在座，便說，還有和這異曲同工的呢。那講出來的，是：——

「卽使爬着，也是黑豆。」

也是兩個人爭論着：掉在那里的，是黑豆。不，是黑的蟲。正在爭持不下的時候，那黑東西，蠕蠕地爬動起來了。于是一個說，你看，豈不是蟲麽？那不肯認錯的對手却道：——

「不。卽使爬着，也是黑豆。」

這一個似乎要比「卽使生着槲樹子，樹還是榎樹」高超些。在黑豆蠕蠕地爬着這一點上，是使人發笑的。

於是，柳田國男君更進一步，講了

「納狸于函，納鯉于籠」

的事。這些事都很平常；但惟其平常，愈想却愈可笑。雖是頗通文墨的人，這樣的字的錯誤是常有的。而那人是生着鬍子的頗知分別的老人似的人，所以就更發笑。

三河國之南的海邊，有一個村；這村裏，人家只有兩戶。有一天，旅客經過這地方，一個老人惘惘然無聊似的坐在石頭上。旅客問他在做什麽事。老人便答道：

「今天是村子的集會呵。」

這是無須說明的，這村子只有兩家，有着到村會的資格的，是只有這老人一個。

然而，這話的發笑，是在「村的集會」這句裏，比說「正開着一個人的村會議」更有趣。說到這里，就發生關于幽默的議論了。例如，將這話翻成外國語，還能留下多少發笑的分子。

五

前年，和從英國來的司各得氏夫婦談起幽默，便聽到西洋人所常說的話：在日本人，究竟可有幽默麽？我說，有是有的，但不容易翻譯。這樣說着各樣的話的時候，司各得君突然說：

「日本人富於機智（Wit），是可以承認的，究竟可富于幽默，却是一個疑問。」

於是便成了機智和幽默的區別，究竟如何的問題。經過種種思索之後，他便定義爲：

「機智者，是地方底的，而幽默，則普遍底也。」作爲收束了。總而言之，所謂機智者，是只在一國或一地方覺得有趣，倘譯作別國的言語，卽毫不奇特；而幽默，則無論翻成那一國的話，都是發笑的。

其次，司各得君又說了這樣的話：——

「日本人所喜歡的笑話，大抵是我們的所謂沙士比亞時代的笑話。譬如說，一個人滑落在土坑裏了，這很可笑。就是這樣的東西。」

這在不懂日本話的司各得君，自然是無足怪的，但也很有切中的處所。

前年，梅毘博士作爲交換教授來到日本的時候，講演之際，說了種種發笑的話。然而聽衆並不笑；于是無法可施，說道，「從此不再講笑話」，悲觀了。這並不只是語學程度之不足；是因爲日本的聽衆，對于幽默沒有美國聽衆那樣的敏感。例如，倘將先前所說的「即使爬着，也是黑豆」那樣的話，用在演說裏，千人的聽衆中，怕只有兩三人會笑罷。

六

說話稍稍進了岔路了，這缺少幽默的事，我以爲也是日本人被外國人所誤解的一個原因。支那人是被稱爲有幽默的。這就是說，還是支那人有人味。然而，這也並非日本人生來就缺少幽默，從明治到大正的日本人，太忙于生活，沒有使日本人固有的幽默顯于表面的餘地了，我想。

在德川時代的末期那樣，平穩的時代，日本特有的幽默曾經很發達，是周知的事實。大概一到王政維新，日清，日俄戰爭似的窘促的時代，便沒有閒空，來賞味這樣寬裕的幽默之類了。

七

但是，從一方面想，也可以說，懂得幽默，是由于深的修養而來的。這是因爲倘若目不轉睛地正視着人生的諸相，我們便覺得倘沒有幽默，即被趕到彷彿不能生活的苦楚的感覺裏去。悲哀的人，是大抵喜歡幽默的。這是寂寞的內心的安全瓣。

以歷史上的人物而論，林肯是極其寂寞的人。他對于人生，正視了，凝視了，而且爲寂寞不堪之感所充滿了。不必讀他的傳記，只要注視他的肖像，便可見這自然人的心中，充滿着寂寞。而他，是愛幽默的。

他的逸事中，充滿着發笑的話。他的演說，他的書信中，也有笑話散在。寂寞的他，不笑，是苦得無法可想了。

先幾時死掉的威爾遜氏，也是喜歡幽默的人。這也像林肯一般，似乎是想要逃避那寂寥之感的安全瓣。新渡戶稻造先生也喜歡幽默，據我想，那原因也就從同一的處所湧出來的。

現今英國的勞動黨內閣的首相麥唐納氏，也是富于幽默的人。那心情，也還是體驗了人生的悲哀的他，要作爲多淚的內心的安全瓣，所以便不識不知，愛上了幽默，修練着幽默的罷。

淚和笑只隔一張紙。恐怕只有嘗過了淚的深味的人，這纔懂得人生的笑的心情。

八

然而在這樣幽默癖之中，有一種不可疏忽的危險。

幽默者，和十八歲的姑娘看見筷子跌倒，便笑成一團的不同。那可笑味，是從理智底的事發生的。較之鼻尖上沾着墨，所以可笑之類，應該有更其洗鍊的可笑味。

幽默既然是訴于我們的理性的可笑味，則在那可笑味所由來之處，必有理由在。那是大抵從「理性底倒錯感」而生的。

在或一種非論理底的事象中，我們之所以覺到幽默，就在于沒有幽默的人要怒的事，而我們倒反笑。有時候，我們對于人生的悲哀，也用了笑來代哭。還有，也或以笑代怒，以笑代妬。這也可以說是一種倒錯感。

但是，故意地笑，並不是幽默，只在眞可笑的時候，纔是幽默。

在這里，我所視爲危險者，就是幽默的本性，和冷嘲（Cynic）只隔一張紙。幽默常常容易變成冷嘲，就因爲這緣故。

從全無幽默的人看來，毫不可笑的事，却被大張着嘴笑，不能不有些喫驚，然而那幽默一轉而落到冷嘲的時候，對手便紅了臉發怒。

睜開了心眼，正視起來，則我們所住的世界，乃是不能住的悲慘的世界。倘若二六時中，都意識着這悲慘，我們便到底不能生活了。于是我們就尋出了一條活路，而以笑了之。這心中一點的餘裕，變憤爲笑。化淚爲笑，所以，從以這餘裕爲輕薄的人看來，如幽默者，是不認眞，在人生是不應該有的。但是從眞愛幽默的人們看來，則倘無幽默，這世間便是只好憤死的不合理的悲慘的世界。所以雖無幽默，也能生活的人，倒並非認眞的人，而是還沒有眞覺到人生的悲哀的老實人，或者是雖然知道，却故作不知的僞善者。

然而，因爲幽默是從悲哀而生的「理性底逃避」的結果，所以這常使人更進而冷嘲人間。對於一切氣憤的事，並不直率地發怒，却變成啣着香煙，只有嘲笑，是很容易的。約翰穆勒的話裏，曾有「專制政治使人們變成冷嘲」的句子。這是因爲在專制治下的時候，直率的敏感的人們，大概是憤怒着，活不下去的。於是直率的人，便成爲殉敎者而被殺害了。不直率的人，就玩弄人生，避在幽默中，冷冷地笑着過活。

所以幽默是如火，如水，用得適當，可以使人生豐饒，使世界幸福。但倘一過度，便要焚屋，滅身，妨害社會的前進的。

九

使幽默不墮于冷嘲，那最大的因子，是在純眞的同情罷。同情是一切事情的礎石。法蘭斯曾說，天才的礎石是同情；託爾斯泰也以同情爲眞的天才的要件。幽默不怕多，只怕同情少。以人生爲兒戲，笑着過日子的，是冷嘲。深味着人生的尊貴，不失却深的人類愛的心情，而笑着的，是幽默罷。

那麼，就不得不說，幽默者，作爲人類發達的一個助因，是可以尊重的心的動作。

古羅馬的詩聖訶累條斯曾經謳歌道：——

「含笑談眞理，又有何妨呢？」

可以說，靠着嫣然的笑的美德，在我們蕭條的人生上，這纔也有一點溫情流露出來。

（一九二四，七，三○）

將 humor 這字，音譯爲「幽默」，是語堂開首的。因爲那兩字似乎含有意義，容易被誤解爲「靜默」，「幽靜」等，所以我不大贊成，一向沒有沿用。但想了幾回，終于也想不出別的什麼適當的字來，便還是用現成的完事。一九二六，一二，七。譯者識于厦門。

說自由主義

一

我想要研究自由主義，已經是很久的事了。還在做中學的二年生之際，曾經讀了約翰勃賚德的傳記，非常感動。現在想起來，也許那時雖然隱約，却已萌芽了對于自由主義的尊敬和愛着之情的罷。這以後，接着讀了格蘭斯敦的傳記和威廉畢德的傳記，也覺感奮，大約還是汲了同一的流。但從那時所讀的科布登的傳記，却不大受影響。這或者是作者的文章也有工拙的。

然而很奇怪的，是這一個崇拜着自由主義政治家的少年，同時見了和這反對的迪式來黎的傳記，也還是十分佩服。這是中學一年之際，讀了尾崎行雄氏的「迪式來黎傳」，感動了；後來在三年生的時候，又見了誰的「迪式來黎傳」，佩服了。

這兩種思想，並不矛盾地存在自己的胸中。而且奇怪，至今也還並存着。只是在今日，分明地意識着兩者的區別，而立在批判底的見地上的不同，那自然是有的。此後，日俄戰役那時，因爲在第一高等學校，勢必至于傾向了帝國主義底的思想。然而還是往圖書館，讀着穆來的「格蘭斯敦傳」之類的。大學時代，則在聽新渡戶先生的殖民政策的講義，便很被引到帝國主義那面去。關于內政，新渡戶先生雖然是民治主義的提倡者，但因爲身當植民政策的實際這關係上，故于帝國底對外發展，也頗有同情。因此我們對于這事也就容易懷着興味了。

二

但到出了大學的翌年，我便隨着新渡戶先生往美國去。這時候，是大統領改選的前年，本來喜歡政治的我，就一意用功于大統領選舉。這用功的目標，是威爾遜氏。我是無端贊同着威爾遜了的，現在想起來，這是中學二年時候的勃賚德和格蘭斯敎的崇拜熱的復發。要之，也就是對于自由主義的政治家的共鳴。

漸漸深入了威爾遜的研究之間，我就和自由主義的研究相遇了。于是就搜集自由主義的文獻；一九一三年從公署派赴歐洲的時候，在倫敦的書店裏，隨手買了些題作自由主義的書。然而也並不專一于自由主義，這證據，是那時我還勤快地搜集着丸善書店所運來的關于帝國主義的書籍的。是因爲決定了研究政治學這一個題目的關係上，不偏不倚地搜集着的。

三

然而從歐洲戰爭的末期起，直到平和條約的前後，旅行于歐美者約三年，這其間，我的腦裏便發生了分明的意識了。這就是，我覺得亡德國者，並不是軍國主義者，而是自由主義的缺如；俄國的跑向社會革命的極端，也就爲了自由主義的不存在。尤其是當歐洲戰後的各國，內部漸苦于極端的武斷專制派和極端的社會革命派的爭鬬的時候，就使我更其切實地覺得，將這兩極端的思想，加以中和的自由主義的思想之重要了。當那時，社會主義的思想正風靡了歐洲的天地，英國向來的自由黨之類，就如見得白晝提燈一般愚蠢；而我當那時候，却覺得自由主義這面的思想，是比社會主義更進一步的。至少，那時歐洲的人們的社會主義的想法，是要碰壁的罷。然而自由主義的思想這一面，其間却含着不斷地更新，不斷地進步的要緊的萌芽，所以我想，大概是不至于碰壁。

四

于是我回到日本來，在三年的久別之後，見了日本。這可眞是駭人的雜亂的世界呵。非常之舊的東西和非常之新的東西，比隣居住着。就在思想善導主義這一種意見所在的旁邊，Syndicalism（產業革命主義）的思想也在揚威耀武。而在思想不同的人們之間，所大家欠缺的，是寬容和公平。都是要將和自己不同的思想和團體的人們，打得腦殼粉碎的性急的不寬容的精神。住在美國，笑了美國人的不寬容的我，一歸祖國，也爲一樣的褊狹和不寬容所驚駭了。而且明瞭地意識到，爲日本，最是緊要的東西，乃是眞實的自由主義了。

五

但是，並非哲學者的我，要想出自由主義的哲學，來呈教于人們之類的事，那自然是辦不到的。不過就是來談談自由主義底的思想。從中，在我逐漸地意識起來的，是以爲與其完成自由主義的哲學，倒不如編纂自由主義的歷史，要有效得多。

對于我，獎勵了這思想的人，是畢亞特博士。博士給我從紐約寄了一部好裝訂的穆來卿的全集來。在閱讀之間，懂了畢亞特博士的意思了。穆來也因爲要闡明自由主義的思想，所以染翰于史論的。尤其是，靠着將法蘭西革命前期的思想家的詳傳，紹介到英國去，他于是催進了英國的自由主義的運動。正如理查格林將自由主義的思想，託之一卷的英國史，以宣布于英國民一樣，穆來是揮其巨筆，將法蘭西十八世紀啓蒙時代的思想家，紹介于英國，以與英國的固陋的舊思想戰鬭的。穆來之所以被稱爲約翰穆勒的後繼者，大概就是出于這些處所的罷。

我由是便從穆來，來研究十八世紀的法蘭西思想，窺見全未知道的新天地了。于是漸覺得在自從少年以來，混沌地存在自己的腦裏的思想上，有了一種脈絡。這就是，據史論以研究自由主義的事。而這所謂史論，便是從十八世紀的法蘭西，到十九世紀的英國，二十世紀的美國，這樣地循序探索下去，于是在積年的朦朧的意識上，這纔總算有了眉目了。

這在我自己，是極其愉快的。然而這又是極費時光的事，却也可以想見。我彷彿覺得現在倘就是這樣，走進研究的山奥裏去，那是說不定什麼時候纔能出來的。所以我想，在還未走入這山中之前，將現在的意見寫在紙片上，則即使因爲什麼事故，中斷了這工作，而現在爲止的東西，是存留着的。況且即使這在若干年後，終于完成了，而當出山之時，回顧而玩味入山時的思想，也正是愉快的事。

六

第一，現在我所想着的自由主義的定義，是：自由主義者，並非社會主義似的有或種原則的一定的主義。自由主義云者，是居心。有着自由主義底的心的人們的思想和行動，就是自由主義。約翰穆來也論及這，說道：「自由主義者，並非信仰個條，是心的形（mind form）。」（「回想錄」第一卷一一七頁。）英國的史家勃里斯也說：「自由主義者，並非政策，是心的習慣（mind habit）。」（「英國自由主義小史」第一頁。）

這是無論什麼人，只要略略研究自由主義的歷史，而潛心于其精神者，所一定到達的結論。

那麼，自由主義的居心，是以怎樣的形式而顯現的呢？這是大概一轍的。

勃里斯之所論，以爲自由主義云者，乃是將他人看作和自己有同等的價值的一種性情。更進而說道，「凡自由主義者，對于別的人們，常欲給以和自己均等的機會，俾得自己表現及自己發展。」但這是我所難于一定贊成的。像這樣，便將自由主義的中心思想，弄成平等主義的思想了。自由一轉而成平等，倒是派生底結果，並不是中心思想。

我所指的作爲自由主義的居心的最根本的思想，是 Persorality（人格）的思想。倘沒有人格主義的觀念，卽也沒有自由主義的思想。就是，對于在社會裏的人們，認知人格，而將這人格的完成，看作人類究竟目的的一種思想。那要點，是社會和人格這兩點。

馬太亞諾德給文明以定義，以爲「文明云者，是社會裏的人愈像人樣的事。」（Mixed Essays 序第二頁。）這思想的根柢，正和我的自由主義的觀念相同。自由主義的思想，是一個社會思想，離了社會是不存在的。也有人討論人類的絕對的自由的存否：以爲倘以絕對的自由給人，社會國家便不成立，所以自由主義是不可的。但這是因爲將用自由主義這一句話爲社會思想的傳統，沒有放在服中，因而發生的誤解。我們所常用的自由主義這一句話，並不是那麼絕對底的架空的觀念，而是一個社會思想。是論着社會人的自由的，倘將社會否定，也就沒有自由主義了。

七

所以，自由主義的目的，是在造出最便于這樣的人格完成的環境卽社會來。因此，自由主義的運動，卽從打破那障礙着個人人格完成的各種境遇開手。或者也可以說，倒是永久地，是那打破的繼續底運動。在這一個意義上，自由主義的運動，就往往被看作和進步主義的運動是同一義的。

八

因爲自由主義是社會思想，所以雖然提高個人，却並不因此想要否定社會的存在。故在那思想的內容之中，並不含有反社會底的因子。就是，是以個人和社會的有機底關係爲前提的。

所以，社會本身的破壞，和自由主義的思想是不相容的。所以，自由主義的運動者，從一方面說，是以個人的完成爲目的的運動；從別方面說，也是以社會的完成爲目的的運動。不過那社會完成的目的，是在爲了個人的完成。

九

因爲自由主義的目的，是在和自己的人格完成一同，也是別人的人格完成。所以，自由主義的思想，一定和寬容的思想是表裏相關的。不寬容的自由主義，是不能有的。凡有不寬容者，一切都是專制主義的思想。因此，無論爲國家的專制，爲宗敎的專制，爲學問的專制，卽悉與自由主義的思想背馳。

十

作為在社會上的人格完成的具體的手段，是凡各個人，都應該發揮其天稟的才能，滿足其正當的欲求，自由地思想，自由地表現，自由地行動。所以，自由主義的思想，是和 Freedom（自在）的思想平行的。

十一

自由主義的思想，既然是社會思想，所以和純粹的哲學思想的那個人主義的思想，未必相同。個人主義的思想，是未必豫想着社會的存在的。所以，自由主義的思想，也和別的社會思想一樣，並非絕對底的東西。是社會和人們的二元底的相對底思想。

（一九二四，七，四。）

這雖然只是一篇未定稿，但因為覺得當此書出版之際，倘非不顧草率，姑且記下現在自己所想的自由主義的輪廓來，放在裏面，則此書全體的意思，便不貫徹，所以試行寫出來了。至于自由主義的研究，我想，姑且緩一點再來寫。

舊游之地

一 愛德華七世街（上）

在巴黎的歌劇館的大道上，向馬特倫寺那一面走幾步，右手就有體面的小路。這是愛德華七世街。進去約十來丈，在彷彿覺得左彎的小路上，有較廣的袋樣的十字路；在那中央，有一個大理石彫成的騎馬的像。這就是英國的先王愛德華七世的像。在那像的周圍，是環立着清楚的愛德華七世戲園，閑雅的愛德華七世旅館，精緻的愛德華七世店鋪等。囂囂的大街上的市聲，到此都埽去一般消失，終日長是很蕭閒。一帶的情形，總覺得很可愛，我是常在這大理石像的道上徜徉的。並且仰視着悠然的馬上的王者，想着各樣的事。

惟有這王者，是英吉利人，而這樣地站在巴黎的街上，却毫不破壞和周圍的調和的。妥妥帖帖，就是這樣融合在臘丁文明的空氣裏。而且使看見的人毫不覺得他是英國人。悠悠然的跨着馬。比起布爾蓬王朝的王來，使人覺得更像巴黎人的王。這是英國外交的活的記念碑。

有一個冬天的夜裏，在倫敦，在著作家密耶海特君的家裏，遇見了四五個英國人。大家的談天，不知不覺間弄到政治上去了。于是一個不勝其感動似的說：——

「愛德華王是偉大的王呀！」

剛在發着正相反的議論的別的客人，也就約定了的一般：——

「的確，是的呵——」

一個做律師的人，便向着我，說道：——

「這種感想，你也許還不能領會的。愛德華七世的人望，那可是非常之大呀。我們想，英國直到現在，未曾有過那麼英偉的王。王家的威信達了絕頂，也就是在那個時候罷。雖是舊的貴族們，對愛德華王也不敢倔強。在英國，比王家還要古的貴族，是頗爲不少的。他們將王家看作新脚色，所以做王也很爲難。但惟有愛德華七世的時候，却沒有一個來倔強的。而且也不單是貴族階級，便是中產階級和勞動者，也一樣地敬愛了那個王。

「那是，所作所爲，眞像個王樣子呵。莊嚴的儀式也行，不裝不飾的素樸的模樣也行，每個場面，都不矯强，橫溢着人間味的。曾經有一件這樣的事——

「有一天，早上很早，我帶着孩子在倫敦的街上走。看見前面有一個男人騎了馬在前進。是一個很胖的男人，穿着舊式的衣服。那是很隨便的樣子，生得胖，在上衣和褲子之間，不是露出着小衫麼？我想，倫敦現在眞也有隨隨便便，騎着馬的漢子呵。便對孩子說：『喂喂，看罷，可笑的人在走呢。不跑上去看一看那臉麼？』我們倆就急忙跑上前，向馬上一望，那不就是經心作意的愛德華王麼？

「然而一到議會的開會式，却怎樣？豈不是中世儀式照樣的鵝帽禮裝，六匹馬拉着金輿，王威儼然，浴着兩旁的民衆的歡呼，從拔庚干謨宮到議院去的？看見這樣，倫敦人便覺得實在戴着一個眞像王樣的王，從衷心感到榮耀了。然而在訪問貧家的時候，他却淡然如水，去得不裝不飾。貧民們毫不覺得是王的來訪。就只覺得並無隔核，彷彿自己的朋友似的。

「總之，那王是無論做什麼，都用了best interest（最上的興味）的。」

到這里，那位律師先生便說完了。那時候的那英國人的誇耀的臉相，我總在這大理石像之下記起。

這為百姓所愛，為貴族所敬的愛德華七世，在歐洲大陸做了些什麼呢？我們到處看見偉大的足跡。

他由久居深宮之身，登了王位的時候，英國的國際底地位是怎樣的？從維多利亞王朝流衍下來的親德排法的心情，是英國外交的樞軸。相信素朴的德人，輕視怜俐的法人的空氣，是彌漫于英國上下的。在尼羅河上流，英法兩軍幾乎衝突的兩年前的發昂達事件的記憶，還鮮明地留在當時的國民的腦裏。聰明的法蘭西人，憎惡而且嘲笑着魯鈍的英國人。他却在這冷的空氣的正中央，計劃了公式的巴黎訪問。這是九百三年的春天。雖然是愛過太子時代微行而來的他的巴黎，但對于代表英國政府的元首的他，接受與否，却是一個疑問。英國的政治家頗疑慮，以為沒有顧忌的巴黎的民衆，說不定會做出什麼來。然而具有看破人性的天稟之才的他，偏是獨排衆議，公然以英國王而訪巴黎了。深恨英國外交的巴黎人，對于這王，却也並不表示一點反感。臨去之際，民衆還分明地送以好意的表情。這是踏上了英法親善的第一步的事件。親德外交，一轉而成親法政策了。其年十月，英法調解條約就簽字；翌年四月，英法協約簽字。而這便作了歐洲新外交的礎石。他又在歐洲大陸試作平和的巡游，聯意太利和俄羅斯，遠則與東洋的日本同盟，樹立了德國孤立政策。王死後四年，歐洲大戰發生的時候，以發勗達幾乎衝突的英法兩國的兵士，則並肩在萊因河畔作戰了。

歐洲戰爭的功過，只好以俟百年後的史家。但是，獨有一事，是確鑿的。這便是德國的王，以激怒世界中的人而失社稷，英國的王，則以融和世界的人心而鞏固了國家的根基。現在是，就如全世界的定評一樣，德國人明白一切事，但于人性，却偏不知道了。而這跨馬站在巴黎街上的英國的王，乃獨能洞察人性的機微；且又看透了敵手的德國皇帝的性格。他曾對法國的政治家說道：——

「在德意志的我的外甥（指德皇威廉），那是極其膽小的呵。」

果哉，一見軍勢不利，他的外甥便脫兎一般逃往荷蘭了。

他現在也還悠然站在愛德華七世街的中央。我曾繞着他的周圍閒步，一面想，爲什麽在英國，多有這樣的人，在德國，却只出些自命不凡的人們呢？

三　凱存街的老屋

去年年底的英國總選擧，又歸于統一黨的大捷了。在新聞電報上看見這報告的時候，我忽然記起遠在倫敦凱存街十九號的一所灰色的房屋來。這是先走過國際聯盟事務所的開頭辦公處的瑪波羅公的舊邸，向哈特公園再走大約二十丈，就在左手的三層樓的古老的房屋。當街的牆上，挖有紅底子的小匾，上面刻着金字道：「培恭斯斐耳特伯歿于此宅，一千八百八十一年四月十九日。」每在前面經過，我便想到和這屋子相關的各種的傳聞。要而言之，去年的統一黨的勝利，也就是死在這老屋裏的天才的餘澤。

他的買了這屋，是在第二次內閣終結，從此永遠退出政界的翌年。他是以七十五歲的殘年，且是病餘之身，寫了小說"Endymion"，賣得一萬磅——日本的十萬元，就用這稿費的全部，購致了這房子的。一向清貧的他，除了出售小說之外，實在另外也沒有什麼買屋的辦法了。于是他一面患着氣喘和痛風，就在這屋子裏靜待「死」的到來，一面冷冷地看着格蘭斯敦的全盛。

他是生在不很富裕的猶太人家裏的長男，到做英國的首相，自然要從最不相干的境涯出發。當十七歲，便去做了律師的學徒的他，有一年，和他的父親旅行德國，在乘船下萊因河時，忽然想道：「做着律師的學徒之類，是總不會闊氣的。」他于是決計走進政界去；但自己想，這第一的必要，是要用錢。于是和朋友合幫，來買賣股票，乾乾脆脆失敗了。這時所得的幾萬元的債務，就苦惱了他半世。他此後便奮起一大勇猛心，去做小說。有名的"Vivian Grey"就是。這一卷佳作，即在全英國揚起他的文名來。然而那時，他還沒有到二十歲。後來他進議院，終成保守黨的首領，直到六十三歲，這纔做到首相的竭蹶轗軻的生涯，和這房屋的直接關係是沒有的。只是弱冠二十歲的他，以"Vivian Grey"一卷顯名，迨以七十五歲的前宰相，再因于生計，賣去"Endymion"一卷，纔能買了這屋的事，是很惹我們的興味的。較之他的一生的浮沈，則生于富家，受惡斯佛大學的教育，又育成于大政治家不爾的翼下如格蘭斯敦，不能不說是安樂的生涯。所以他雖然做了貴族黨的首領，但對于將爲後來的政治的樞軸的社會問題，却仍然懂得的。這就顯現在他的小說"Sybil"裏。在「菲賓協會史」上，闢司(Ed.R.Pease)說，「培恭斯斐耳特卿有對于社會底正義的熱情。可惜的是他一做首相，將這忘却了。至于格蘭斯敦，則對于在近代底意義上的社會問題，並不懂得。」這或者也因爲兩人出身不同的緣故罷。

他遷居到這凱存街的屋子裏，是千八百八十一年的一月。到三月底，他便躺在最後的牀上了，所以實在的居住，只有三個月。他在藹黎卿的晚餐會的席上，遇見馬太亞諾德，說了「在生存中，文章成了古典的唯一的人呀」這警句的，便在這時候。而且，好客的他，在這屋子裏也只做了一回客。那時他邀請薩賓蘭公夫妻等名流十七人，來赴夜醼，還用照例的辛辣的調子，向着旁邊的人道：「原想從伯爵們之中，邀請一位的。但在英國，伯爵該也有一百人以上，却連一個的名姓也記不起來。」

這淸貧，辛辣，勇氣和文才的一總，是便在這三層樓的老屋裏就了長眠的。然而，在他後面，留下了保守黨；留下了大英帝國。大約和畢德和路意喬治一同，他也要作爲英國議院政治所生的三天才之一，永遠留遺在歷史上的罷。但他所救活的保守黨，被喚到最後的審判廳去的日子，已經近來了。他的「希比爾」裏所未能豫見的勞動黨，正成了刻刻生長的第二黨，在英國出現。而且在他用了柏林會議的果決和買收蘇彝士河的英斷所築成的大英帝國裏，不遠便有大風雨來到，也說不定的。

四　蒙契且羅的山莊

從沙樂德京爾起，我們坐着馬車，由村路馳向蒙契且羅的山去。雖說還是三月底，而在美國之南的伏笈尼亞，却已渲出新春的景色了。遠聳空中的羣山，都作如染的靑碧色。雪消的水，該在爭下雪難陀亞的溪流罷。在山麓上，繁生着本地名產的蘋果樹，一望無際。在那箭一般放射出來的枝上，處處萌發了碧綠的新芽。愈近頂上，路也愈險峻了，我們便下車徒步。黑人的馭者撫慰着流汗的馬，也跟了上來。

轉過有一個彎，便有紅磚的洋房，突然落在我們的眼裏了。在春淺葉稀的叢樹之間，屹然立着一所上戴圓塔的希臘風的建築。而支着紅色屋頂的白的圓柱，就映入視線裏面來。這就是美國第三代大統領哲斐生的棲隱之處。

隨着新渡戶先生，我從宅門走進這屋裏去。站在當面的大廳的電燈下的時候，我便想到幾天之前看過的小說「路易蘭特」的主角，將充滿熱情的感謝的信，寫給在華盛頓的哲斐生之處，就是這里了。于是剛出學校的我，便覺到了少年一般的好奇心。從那書齋，那臥室，那客廳的窗戶，都可以望見遠的大西洋的煙波。就在這些屋子裏，他和從全世界集來的訪客，談詩，講哲理，論藝術，送了引退以後的餘生的。聽說愛客的他，多的時候，在這宅中要留宿六十個賓客。而死了的時候，則六十萬美金的大資產，已經化得一無所有了。

承了性喜豪華的華盛頓之後的他，是跨着馬，從白堊館到政廳去，自己將馬繫在樹枝上面的，所以退隱以來的簡易生活，也不難想見。雖然有着惟意所如，頤使華盛頓府的大勢力，而他從退休以來，卽絕不過問，但在文藝敎育上，送了他的餘年。建在山麓上的沙樂德草爾的大學，構圖不必說，下至磚瓦，釘頭之微，相傳也都是出于他的製作的。若有不見客的餘閒，他便跨了馬，到山麓的街上去取郵件。

是從這備有敎養的紳士的腦裏，迸出了「美國獨立宣言」那樣如火的文字的。

他要在美洲大陸上，建設起人類有史以來首先嘗試的四民平等的國家來。而他的烱眼，則看破了只要有廣大的自由土地，在美國，可以成立以小地主爲基礎的民治。所以他以農業立國的思想，爲美國民主主義的根柢，將農民看作神的選民。所以他以使美國爲農業國，而歐洲爲美國的工場爲得策。然而他如此害怕的工業勞動者，洪水一般泛濫全美的日子來到了。雖是他所力說的農業，已非小地主的農業而是小農民的農業的日子，也出現于美國了。有產階級和無產階級的懸隔，已經日見其甚了。馬珂來卿曾經豫言那樣，「美國的民主政治的眞的試鍊，是在自由土地喪失之日」這句話，成爲事實而出現的日子，已經臨近了。

倘使這在蒙契且羅的山莊，靜靜地沈酣于哲學書籍的哲斐生，看見了煤礦工人和製鐵工人的同盟罷工，他可能有再揮他的雄渾之筆，高唱那美國的精神，是立在人類平等的權利之上的這些話的勇氣呢？在大資本主義的工業時代以前，做了政治家者，眞是幸福的人們呵。

五　司坦敦的二樓

「司坦敦！」

黑人的車役叫喊着，我便慌忙走下臥車去，于是踏着八年以來，描在胸中的小邑司坦敦之土了。

這是千九百十九年三月十三日，正在巴黎會議上，審議着國際聯盟案的時分。將手提包之類寄存在灰色磚造一層樓的簡陋的車站裏，問明了下一趟火車的時刻，我就飄然走向街市那一面去了。向站前的雜貨店問了路，從斜上的路徑，向着市的大街走，約四十丈，就到十字街。街角有美國市上所必有的藥鋪，賣着蘇打水和冰忌廉。從玻璃窗間，望見七八個少年聚在那裏面談話。一輛電車叮叮噹噹地悠閒地鳴着鈴，在左手駛來了。這是單軌運轉的延長不到兩邁爾的這市上惟一的電車，好像是每隔五六分鐘，兩輛各從兩面開車似的。電車一過，街上便依然靜悄悄。我照著先前所敎，在十字街心向右轉去，走到大街模樣的本市惟一的商業街。右側有書鋪和出售照相乾片的店。再走一百多丈，路便斜上向一個急斜的岡。這似乎是這地方的山麓，體面地排着淸楚的磚造的房屋。一登岡上，眺望便忽然開拓了，南方和東方，斷崖陷得很深；腳下流着雪難陀亞的溪流，淙淙如鳴環佩。溪的那邊，是屹立着勃盧律支的連峯，被伏笈尼亞勃盧的深碧所渲染。初春的太陽，在市上谷上和山上，灑滿了恰如南國的柔和的光。既無往來的行人，也沒有別的什麽。我站在岡頂的叉路上，有些遲疑了。恰好從前面的屋子裏，出來了一個攜着女孩的老婦人。

我便走上去，脫着帽子，問道：——

「科耳泰街的威爾遜大統領的老家，就在這近地麽？」

她詫異地看着我的樣子，一面回答道：——

「那左手第三家的樓房就是。」

于是和女孩說着話，屢次回顧着，走下斜坡去了。

這是用低的木柵圍住的朴素的樓房。原是用白磚砌造的，但暴露在多年的風雨裏，已經成了淺灰色。下層的正面，都是走廊，宅門上的樓，是露臺。屋子的數目，大約至多七間罷。樓上樓下，玻璃窗都緊閉着，寂然不見人影。左手的壁上，嵌一塊八寸和五寸左右的鐵的小扁額，用了一樣的顏色，毫不惹眼地，刻道：「美國第二十八代大統領渥特羅威爾遜生于此宅，一千八百五十六年十二月二十八日。」宅前的步道上，種着一株櫟樹似的樹木，這將細碎的影子，投在宅門上。我轉向這屋的左手，凝視那二樓上的窗門。心裏想，威爾遜舉了誕生的第一聲者，大概便是那一間屋子罷。本是虔敬的牧師的父親，爲這生在將近基督降誕節的長子，做了熱心的禱告的罷。然而，這嬰兒的出世，負荷着那麼重大的運命，則縱使是怎樣慈愛的父親，大約也萬想不到的。

不多久，我便決計去按那宅門的呼鈴。

門一開，是不大明亮的前廊，對面看見梯子。引進左手的客廳裏，等了一會，主人的弗來什博士出來了。是一個看去好像纔過六十歲的頒白的老紳士；以美國人而論，要算是矮小的，顯着正如牧師的柔和的相貌。

我先謝了忽然攪擾的唐突，將來意說明。就是因爲要做威爾遜的傳記，所以數年以來。便常在歷訪他的舊迹，以搜求資料。

「我和威爾遜君，在大關特生大學的時候，是同年級的。」博士說着，就談起那時的回憶來。

「聽說學生時代的威爾遜，是不很有什麼特色的。這可對呢？」我問。

「是呀，」博士略略一想，說，「但是，從那時候，便喜歡活潑的氣象的呵。當他中途從大關特生退學，往普林斯敦大學去時，我曾經問：你爲什麼到普林斯敦去呢？威爾遜却道，就因爲我想往有點生氣的地方去呀。這話我至今還記得。因爲我覺得這正像威爾遜的爲人。」

「聽說格蘭斯敦當惡斯佛大學時代，在同學之間，名聲是很不好的。威爾遜可有這樣的事呢？」我又問。

「不，毫不如此。要說起來，倒是好的。」他說。「後來，當選了大統領，就任之前的冬天，回到這里來。就寓在這屋子裏，那實在是十分質樸的。喜歡談天；

而且愛小孩，家裏的孩子們，竟是纏着不肯走開了。」

他講了這些話，便將話頭一轉，問起山東問題之類來。在宅門前，照了博士的像，我便再三回顧，離開這屋子了。

羅斯福死了以後，正是三個月。我忽然想起那兩人的事來。可哀的羅斯福是什麽事業也沒有留下，死掉了。他是壯快的喇叭手。當他生前，那震天的勇猛的進軍之曲，是怎樣地奮起了到處的人心呵。然而，喇叭手一去，那壯快的進軍之曲，也就不能復聞，響徹太空的大聲音的記憶，大約逐漸要從人們的腦裏消去的罷。當此之際，威爾遜是默默地製作着大理石的彫刻。這並不是震天價的英雄底的事業。然而這却是到個人底愛憎從地上消去之後，幾十年，幾百年，也要永久地爲後來的人類所感謝的不朽的美術品。而誕生了這人的房屋，將成爲世界的人們的巡禮集中之處的日子，恐怕也未必很遠了罷。我一面想着這些事，一面順着坡路，走下雪難陀亞之谷那方面去了。

六　滑鐵盧的獅子

「的確，記念塔的頂上有獅子哩。」我和同來的T君說。

我們是今天從勃呂舍勒，坐着摩托車，一徑跑向這里來的。走着家鴨汛水的村路，我對于拿破崙的事，惠靈吞的事，南伊將軍的事，什麼的事都沒有想。單有昨夜在勃呂舍勒所聽到的話還留在耳朶裏。這聽到的話，便是說，那在滑鐵盧記念塔上的獅子，是怒視着法蘭西那一面的。但這回的歐洲戰爭，比利時軍却和法蘭西軍協同作戰，以對德意志，所以比利時的衆議院裏就有人提議，以為滑鐵盧的獅子，此後應該另換方向，去怒視德意志了。這是歐洲戰爭完結後第二年的事。

我覺得聽到了近來少有的有趣的話。于是很想往滑鐵盧去，看一看那獅子的怒視的情形。到來一看，豈不是正是一個大獅子，威風凜凜，睥睨着巴黎的天空麼？我不覺大高興了：心裏想，誠然，這種睨視的樣子，是討厭的。我想，從這看去像有二百尺高的宏壯的三角式的土墖的絕頂，壓了五六十里的平原，這樣地凝視着法蘭西的天空的樣子，是不行的呀。我想，倘將這換一個方向，去怒視柏林那面，那該大有效驗的罷。如果又有戰事，這回是和過斯吉摩打仗了，就再換一回方向，去怒視北極。如果此後又有戰事，就又去怒視那一個國度去，我想，大約是這模樣，每一回團團轉，改變位置的辦法罷。然而單是滑鐵盧這名目，就巳經不合式。要而言之，在滑鐵盧，是比利時軍和德意志軍一同打敗了法蘭西的，所以卽使單將獅子來怒視德意志，恐怕也不大有靈驗。也許還是將地名也順便改換了來試試的好罷。我想，那時候，這站在天邊的獅子，大約要有些頭昏眼花哩。

但是，那個提議，聽說竟沒有通過比利時的衆議院。恐怕大獅子覺得總算事情過去了，危乎殆哉，現在這纔不再提心弔膽了罷。然而這也不只是滑鐵盧的獅子。便是比比利時古怪得多的國度，也許還有着呢。將歷史，美術，文藝，都用了便宜的一時底的愛國論和近代生活論，弄成滑稽的時代錯誤的事，不能說在別的國度裏

滑鐵盧的記念塔

就沒有。到那時，大家能都想到毛髮悚然的滑鐵盧的獅子的境遇，那就好了。

七　兌勒孚德的立像

初看見荷蘭的風磨的人，常恍忽于淡淡的欣喜中。尤其好的是細雨如煙之日，則眺望所及；可見無邊的牧草，和劃分着遠處水平線的黛色的叢林，和突出在叢林上面的戈諦克風的寺院的尖塔，彷彿沈在一抹淡霞的底裏，使人們生出宛然和水彩畫相對的心境來。

我是將游歷荷蘭街市的事，算作旅行歐洲的興趣之一的，所以每赴歐洲，卽使繞道，也往往一定到荷蘭去小住。而旅行荷蘭的目的地，倒並非首府的海牙，乃在小小的兌勒孚德的市。這也不是爲了從這市輸送全世界的那磁器的可愛的藍色，而却因爲在這市的中央，暴露在風雨之中的蕭然立着的銅像。

地居洛泰達謨和海牙之間的這市，無論從那一面走，坐上火車，七八分鐘便到了。走出小小的車站，坐了馬車，在運河的長流所經過的石路上，顛簸着走約五六分鐘，可到市政廳前的廣場。就在這市政廳和新敎會堂之間的石鋪的廣場的中央，背向了敎堂站着的，便是那淒清的立像。周圍都是單層樓，或者至多不過二層樓的中世式的房屋，房頂和牆壁，都黑黑地留着風雨之痕。廣場的右手，除了磁器店和畫信片店之外，便再也沒有像店的店了，終日悄悄然閒靜着。在這樣的頹唐的情調的環繞之中，這銅像，就凝視着市政廳的屋頂，站立着。

這是荷蘭的作爲比磁器，比水彩畫，都更加貴重的贈品，送給世界的人類的天才雩俄格羅秀斯(Hugo Grotius, or Huig van Groot)的像。我想，這和在背後的新敎會堂裏的墓石，是他在地上所有的惟二的有形的記念碑了。

然而他留在地上的無形的記念碑，却逐年在人類的胸中滋長。在忘恩的荷蘭人的國境之外，他的名字，正藉了人類不絕的感謝，生長起來。

他是恰在去今約三百五十年之前，生于這市裏的。當戰禍糜爛了歐洲的天地的時候，而豫言世界和平的天才，却生在血腥的荷蘭，這實在是運命的大的惡作劇。他也如一切天才一樣，早慧得可驚的。十歲而作臘丁文的詩，十二歲而入賴甸的大學，十四歲而用臘丁文寫了那時爲學界的權威的凱培拉「百科全書」的正誤，在後年，則將關于航海學和天文學的書出版了。十五歲而作遣法大使的隨員，奉使于法國宮廷之際，滿朝的注意，全集于他的一身。但當那時，已經顯現了他的偉大。他要避空名的無實，便和法國的學者們交游。歸國以後，則做律師，雖然頗爲成功，而他却看透了爲法律的律師生活的空虛，决計將他的一生，獻于探究眞理和服務人類的大業。二十六歲時，發表了有名的「自由公海論」，將向來海洋鎖閉說駁得體無完膚。于是爲議員，爲官吏，名聲且將籍甚，而竟坐了爲當時歐洲戰亂種子的新舊兩敎之爭，無罪被逮了。幸由愛妻的奇計，脫獄出亡，遂送了流離的半世。在這顚沛困頓之中，他的所作，是不朽的名著「戰爭與平和的法則」。這是他四十二歲的時候了。這一卷書，不但使後世的國際思想爲之一變而已，也更革了當時的實際政治。他詳論在戰爭上，也當有人道底法則，力主調停裁判的創設，造了國際法的基礎的事，是永久値得人類的感謝的。他流浪旣及十年，一旦歸國，而又被放逐于國外，一時雖受瑞典朝廷的禮遇，但終不能忘故國，六十一歲，始遂本懷，乘船由瑞典向荷蘭，途中遇暴風，船破，終在德國海岸樂錫託克窮死了。像他那樣，愛故國而在故國被迫害，愛人類而爲人類所冷遇者，是少有的。待到他之已爲死屍，而歸兌勒孚德也，市民之投石于他的柩上者如雨云。

恰如他的豫言一樣，調停裁判所在海牙設立，國際聯盟在日內瓦成就了。偏狹的國家主義，正在逐日被偉大的國際精神所淨化。然而他腦裏所描寫那樣的莊嚴的世界，却還未在地上出現。將他作爲眞實的偉人，受全人類巡禮之日，是還遠的。

到那一日止，他就須依舊如現在這樣，蕭然站在兌勒孚德市政廳的前面。

北京的魅力

一　暴露在五百年的風雨中

「哪，城牆已經望見了。」劉迪德君說。

一看他所指點的那一面，的確，睽別五年，眷念的北京城的城牆，撲上自己的兩眼裏來了。

在這五年之間，我看了馬德里的山都，看了威丹的新戰場，看了美麗的巴黎的凱旋門後的夕陽的西墜。但是，和那些興趣不同的眷念，現在却充滿了自己的心胸。

我們坐着的火車，是出奉天後三十小時中，儘走儘走，走穿了沒有水也沒有樹的黃土的荒野；從北京的劉村左近起，這纔漸漸的減了速度，走近這大都會去的。

行旅的人，當終結了長路的行程，走近他那目的地的大都會時，很感到不尋常的得意。這都會似乎等候着我的豫感，將要打開那美的祕密的寶庫一般的好奇心，——但是，這些話，乃是我們後來添上，作爲說明的，至於實際上望見了大都會的屋瓦的瞬間，却並不發生那樣滿身道理的思想。只是覺得孩子似的高興，彷彿將到故鄉時候一般的漂渺的哀愁。我在美國，暫往鄉村去旅行，回到紐約來的時候，也總有這樣的感覺。尤其是從倫敦回巴黎之際，更爲這一種感覺所陶醉了。大概，凡到一個大都會，最好是在傍晚的點燈時分；白天則太明亮，深夜又過於凄清。天地漸爲淡煙所籠罩的黃昏，正是走到大都會的理想時候。但北京並不然。

高的灰色的城牆，現在是越加跑近我們這邊來了。澄澈的五月初的陽光，洪水似的在舊都上頭汎濫着。交互排列着凸字和凹字一般的城牆的頂，將青空截然分開。那綿延——有二十邁爾——的城牆的四角和中央，站着森嚴的城樓。而這城牆和城樓之外，則展開着一望無際的曠野。散點着低的黃土築成的農家屋，就更其增加了城牆的威嚴。疾走過了高峻的永定門前，通過城牆，火車已經進了北京的外城了。左方便見天壇的雄姿，以壓倒一切的威嚴聳立着。蓋着烏黑的瓦的土築的民家面前，流着濁水，只有落盡了花朵的桃樹，正合初夏似的青葱。門前還有幾匹白色的鴨，在那里尋食喫。這些光景，只在一眨眼間，眼界便大兩樣，火車一直線的徑逼北京內城東南隅的東便門的脚下，在三丈五尺高的城牆下。向左一迴轉，便減了速度，悠悠然沿城前進了。

我走近車窗去，更一審視北京的城牆。暴露在五百年的風雨中，到處缺損，灰色的外皮以外，還露出不乾淨的黃白色的內部；既不及圍繞維爾賽的王宮的磚，單是整齊也不如千代田城的城濠的石塊。但是，這荒廢的城牆在游子的心中所引起的情調上，却有着無可比類的特異的東西。令人覺得稱為支那這一個大國的文化和生活和歷史的一切，就滲進在這城牆裏。環繞着支那街道的那素朴堅實的城牆的模樣，就是最為如實地象徵着支那的國度的。

二　皇宮的黃瓦在青天下

北京內城之南，中央的大門是正陽門，左右有奉天來車和漢口來車的兩個停車站。我們的火車沿牆而進，終於停在這前門的車站了。

於是坐了汽車，我們從中華門大街向着北走。每見一囘，總使人喫驚的，是正陽門的建築。這是明的成祖從南京遷都於此的時候，特造起幾個這樣壯麗的樓門，以見大帝國首都的威儀的。但這前門却遭過一囘兵燹，現今留存的乃是十幾年前的再造的東西。然而仰觀於幾十尺的石壁之上的樓門的朱和青和金的色調，也還足够想像出明朝全盛時代的榮華。而且那配搭，無論從那一面看來，總覺得美。這也可以推見建造當時的支那人的文化生活的高的水準的。

凡是第一次想看北京的旅行者，必須從這前門的樓上去一瞥往北的全市的光景。從樓的直下向北是中華門大街，盡頭就是宮殿。這宮殿，是被許多門環繞着的。進了正面的平安門，纔到宮殿的外部。後方的端門的那邊，是午門，裏面是紫禁城。紫禁城中都鋪着石板，那中間高一點的是太和門，其中有太和殿，乾清宮。這太和門前的石燈，石牀，石欄之宏大，我以為歐洲無論那一國的王宮都未必比得上。就是維爾賽的宮殿，克倫林的王宮，也到底不及這太和門的滿鋪石板的廣庭的光景的。在五年以前，在這一次，我都從西華門進，看了武英殿的寶物，穿過庭園的樹木，走出這太和門前的廣庭來。當通過一個門，看見這廣庭在脚下展開的時候，無論是誰，總要發一聲驚歎。聳立在周圍的宮殿和樓，全塗了朱和靑，加上金色的文飾；那屋頂，都是帝王之色，黃瓦的。而前面的廣庭的周圍，都有大理石的柱子和橋為界，前面則滿鋪着很大的白石。明朝全盛之日，曳着綺羅的美女和伶人，踏了這石庭而入朝的光景，還可以使人推見。而且，那天空的顏色呵，除了北京的灰塵漫天的日子以外，太空總在乾透了的空氣底下，輝作碧玉色。這和樓門的朱，屋瓦的黃，大理石柱的白，交映得更其動目。自己常常想，能想出那麼雄大的構想的明朝的人們，那一定是偉大的人罷。

這紫禁城之後，就是有名的景山。這些門和山的左方的一部，則是所謂三海的區域。南海，中海，北海這三個池子，湛了漫漫的清水，泛着太空和浮雲。三個池子中有小島：南海的小島上有曾經禁錮過光緒帝的宮殿；中海的小島上原有太后所住的宮殿，現在做了大總統府了。

圍環了這些宮殿，北京全市的民家就密密層層地排比着。從正陽門上一看，卽可見黃瓦，青瓦，黛瓦參差相連，終於融合在遠山的翠黴裏。看過雄渾的都市和皇城之後，旅行者就該立在地上，凝視那生息於此的幾百萬北京人的生活和感情了。這樣子，就會感到一見便該謾罵似的支那人的生活之中，却有我們日本人所難於企及的「大」和「深」在。

三　驢兒搖着長耳朵

早上五點半鐘前後，忽然醒來了。

許多旅行者，對於初宿在紐約旅館中的翌朝的感覺，即使經過許多年之後，也還成爲難忘的記憶，回想起來。這並不是說在上迫天河的高樓的一室中醒來的好奇心，也不是轟轟地震耳欲聾的下面的吵鬧，自然更不是初宿在世界第一都會裏的虛榮心。這是在明朗的都市中，只在初醒時可以感到的官能的愉快。外面是明亮的；天空是青的。伸出手來，試一摸牀上的白色的墊布，很滑溜；乾燥的兩腕，就在這冷冰冰的布上滑過去。和東京的梅雨天的早上，張開沈重的眼瞼，撫着流汗的額上時候，是完全正反對的感覺。這樣感覺，旅行者就在北京的旅館裏嘗到的。

下了牀，在打掃得乾乾淨淨的地板上，直走到窗下，我將南窗拉開了。涼風便一齊擁進來。門外是天空脫了底似的晴天。我是住在北京飯店的四層樓上。恰恰兩年前，也是五月的初頭，夜間從聖舍拔斯丁啓行，翌朝六點，到西班牙的首都馬德里，寓在列芝旅館裏，即刻打開窗門，眺望外面的時候，也就起了這樣的感覺。那時，我獨自叫道：——

「就像到了北京似的！」

這並非因爲在有「歐洲的支那」之稱的西班牙，所以覺得這樣。乃是展開在脚下的馬德里的街市，那情調，總很像北京的緣故。而現在，我却在二年後的今日，來到北京，叫着

「就像到了馬德里似的！」

了。馬德里和北京，在我，都是心愛的都市。

强烈的日光，正注在覆着新綠的乾燥的街市上。——這就是北京。當初夏的風中，驢兒搖着長耳朵，——讀者曾經見過驢兒搖着長耳朵走路的光景麽？這是非常可笑，而且可愛的——那麽，再說驢兒搖着長耳朵，轆轆地拉了支那車——那沒有彈機的笨重的支那車——走。掛在頸上的鈴鐸，丁丁當當響着。驢兒聽着那聲音，大概是得意的；還偷眼看看兩旁的風景。驢兒大概一定是頗有點瀟灑的動物罷。在

英國話裏，一說 donkey ，也當作鈍物的代名詞。這與其以爲在小覷驢兒；倒不如說是在表白着存着這樣意見的英語國民的無趣味。驢兒那邊，一定乾笑着英美國人的罷。無論那一國，都有特別的動物，作爲這國度的象徵的。印度的動物似乎是象；我可不知道。飛律濱的名物不是麻，也不是科科和椰子，我以爲是水牛。水牛，西班牙話叫「吉拉包」；倒是聲音很好的一個字。這吉拉包就在各處的水田裏，遍身汙泥，搖着大犄角耕作着。看慣之後，我對於這一見似乎獰惡愚鈍的動物，竟感到一種不可遏抑的親密了。水牛決不是外觀似的愚笨的東西，有過這樣的事：我所認識美國婦人，曾經將她旅行南美的巴西時候的事情告訴我，「有一回，街的中間，一頭水牛拴在木樁上，眼睛被貨物的草遮住了，很窘急。我自己便輕輕走近去，除去了那裝着可怕的臉的水牛的眼睛上的障碍物。過了兩三天，又在這街上遇見了這水牛。好不奇怪呵，那水牛不是向我這邊注視着麼？的確，那是記得我的恩惠的。」

且慢，這是和北京毫無關係的話。我的意思，以爲飛律濱是吉拉包的國度；在一樣的意義上，也以爲支那是驢兒的國度。那心情，倘不是在支那從南到北旅行過，目覩那驢兒在山隈水邊急走着的情景的人，是領略不到的。

於是又將說話回到北京飯店的窗下去。這響着鈴鐺的驢兒所走的大街，叫作東長安街，是經過外交團區域以外的大道。這大道和旅館之間是大空地，滿種着洋槐。街的那面的磚牆是環繞外交團區域的護壁；那區域裏，有着嫩綠的林。嫩綠中間，時露着洋樓的紅磚的屋頂。洋樓和嫩綠盡處，就是那很大的城牆。那高的灰色的城牆的左右，正陽門和崇文門屹然聳立在天空裏。那門樓後面，遠遠地在淡霞的搖曳處，天壇則儼然坐着，像一個鎭紙。更遠的後面，嫩綠和支那房屋的波紋的那邊，埋着似的依稀可見的是永定門的樓頂。

傾耳一聽，時時，聽到轟，轟的聲音。正是大砲的聲音。現在戰爭正在開手了。是長辛店的爭奪戰。北京以南，三十多里的地方，有京漢鐵路的長辛店驛。張作霖所率的奉天軍，正據了這丘陵，和吳佩孚所率的直隸軍戰鬪。奉直戰爭的運命，說得大，就是支那南北統一的運命所關的戰爭，就在那永定門南三十多里的地方交手了。

驢兒和水牛，都從我的腦裏消失了。各式各樣地想起混沌的現代支那的實相來。但是，對了這平和的古城，欲滴的嫩綠，却是過於矛盾的情狀。說有十數萬的軍隊，正在奔馬一般馳驅，在相離幾十里的那邊戰鬪，是萬萬想不到的。這是極其悠長的心情的戰爭。我的心情，彷彿從二十世紀的旅館中，一跳就囘到二千年前的「三國志」裏去了。

四　到死爲止在北京

我的朋友一個美國人，是在飛律濱做官吏的，當了支那政府的顧問，要到北京去了。是大正五年（譯者注：一九一七年）的事。臨行，寄信給我，說，「到北京去。大約住一年的樣子。不來玩玩麼？」第二年我一到，他很喜歡。帶着各處玩；還說，「並沒有什麼事情做，還是早點結束，到南美去罷。」兩年之後，我從巴黎寄給他信，問道，「還在北京麼？」那回信是，「還在。什麼時候離開支那，有點不能定。」回到日本之後，我又問他「什麼時候到南美去呢？」至於他絲毫沒有要往南美那些地方的意思，自己自然是明明知道的。回信道，「不到南美去了，始終在北京。」今年五月我到北京去一看，他依然在大柵欄的住家的大門上，掛着用漢字刻出自己的姓名的白銅牌子，悠然的住在北京。

「唉唉，竟在北京生了根，」他一半給自己解嘲似的，將帽子放在桌子上，笑着說。

「摩理孫的到死為止在北京，也就如此的呀。」我也笑着回答。又問道，「那廚子怎麼了呢？」

這是因為這麼一回事。他初到北京時，依着生在新的美洲的人們照例的癖氣，對於古的事物是懷着熱烈的仰慕的。他首先就尋覓紅漆門的支那房子；於是又以爲房門口應該排列着石頭鑿出的兩條龍；又以爲屋子裏該點燈籠，僕役該戴那清朝的籐笠似的帽子上綴着蓬蓬鬆鬆的紅毛的東西。後來，那一切，都照了他的理想實現了。於是他雇起支那的廚子來；六千年文化生活的產物的支那食品，也上了他的食膳了。衙門裏很閑空。他學支那語；並且用了可笑的訛誤的支那語到各處搜古董。莫名其妙的磁器和書箱和寶玉，擺滿了他一屋。他是年靑而獨身的。他只化一角錢的車錢，穿了便服赴夜會去。他是極其幸福的。

但是，無論怎樣奢侈，以物價便宜的北京而論，每月的食物的價錢也太貴了。有一天，他就叫了廚子來，要檢點月底的帳目。他於是發見了一件事：那帳上的算計，他是每天喫着七十三個雞蛋的。他詰責那廚子。廚子不動神色的回答道：——

「那麽，雞蛋就少用點罷。」

果然，到第二月，雞蛋錢減少了；但總數依然和先前一樣。他再查帳簿：這回却每天喫着一斤奶油。因爲這故事很有趣，所以我每一會見他，總要問問這聰明廚子的安否的。

「那人，」他不禁笑着說，「終於換掉了。」

此後兩三天，總請我到他家裏去喫夜飯。照例是清朝跟丁式的僕人提着祭禮時候用的燈籠一般的東西，從門口引到屋裏去。在那里的已有「支那病」不相上下的諸公六七人。當介紹給一個叫作白克的美國人的時候，我幾乎要笑出來。這並非因爲「白克」這姓可笑；乃是因爲想到了原來這就是白克君。想到了這白克君已經久在支那，以爲支那好得不堪；那些事情，就載在前公使芮恩施博士的「駐華外交官故事」裏的緣故。

在圓的桃花心木的食桌前坐定，川流不息地獻着山海的珍味，談話就從古董，畫，政治這些開頭。電燈上罩着支那式的燈罩，淡淡的光洋溢於古物羅列的屋子中。什麼無產階級呀，Proletariat 呀那些事，就像不過在什麼地方刮風。

我一面陶醉在支那生活的空氣中，一面深思着對於外人有着「魅力」的這東西。元人也曾征服支那，而被征服於漢人種的生活美了；滿人也征服支那，而被征服於漢人種的生活美了。現在西洋人也一樣，嘴裏雖然說着 Democracy 呀，什麽什麽呀，而却被魅於支那人費六千年而建築起來的生活的美。一經住過北京，忘不掉那生活的味道。大風時候的萬丈的沙塵，每三月一回的督軍們的開戰游戲，都不能抹去這支那生活的魅力。

五　駱駝好像貴族

在北京的街上走着的時候，我們就完全從時間的觀念脫離。這並非僅僅是能否趕上七點半鐘夜飯的前約的程度；乃是我們從二十世紀的現代脫離了。眼前目覩着悠久的人文發達的舊迹，生息於六千年的文化的消長中，一面就醒過來，覺得這是人生。十年百年，是不成其爲問題的，而况一年二年之小焉者乎。

支那人的鎮靜，紆緩的心情，于是將外國人的性急征服了。而且，北京的街路，無論走幾囘，也還是覽之不盡的。且勿說四面聳立的樓門的高峻，且勿說遙望中的宮殿的屋頂的綠和黃，卽在狹窄的小路中，卽在熱鬧的市街中，也都有無窮的人間味洋溢着。

牽引我們的，第一是北京的顏色。支那的家屋，都是灰色的；是既無生氣，也無變化的灰色的濃淡，——無論是屋瓦，是牆垣。但在一切灰色這天然色中，門和柱都塗了大膽的朱紅，周圍用黑，點綴些紫和靑；那右側，則是金色的門牌上，用黑色肥肥的記着「張寓」之類，却使我們喫驚。正與閒步倫敦街上，看見那煤煙熏染的磚造人家的窗戶上，簡直掛着大紅的窗帘時，有相類的感覺。還有，就在門內的避魔屏，也很惹眼。據說，惡魔是沒有眼睛的，一逕跳進門來，撞着這屏，便死了。有眼睛的支那的從人，就擎着來客的名片，從這屏的右手引進去。門的兩旁又常常列着石獅子等類。

北京城和駱駝

然而，驚人的光景，卻是活的人和動物。尤其是從日本似的，人和動物之間並不相親的國度裏來到的人們，總被動心於在支那的大都會中，愉快地和人類平等走着的各種動物的姿態的。

先是駱駝，凡有游覽北京的，定要駐足一回，目送這莊嚴的後影的罷。那駱駝，昂了頭，下顎凹陷似的微微向後，整了步調，悠悠然走來的模樣，無論如何，總是動物中的貴族。而且無論在怎樣雜沓的隘巷裏，只有牠，是獨拔一頭地，冷冷然以流盼俯察下界的光景的。那無關心的，超然的態度，幾乎鎮靜到使人生氣。人類的焦急，豚犬的喧騷，牠一定以為多事的罷。仗着蓬鬆的褐色毛，安全地凌了冬季的嚴寒的牠，即使立在淅瀝的朔風中，也不慌，也不怯，昂昂然聳立着，動物之中，自尊心最強的，一定要算駱駝了。牠是柏拉圖似的貴族主義者。

那旁邊，騎驢的支那人經過了。一個農夫趕了幾十隻鴨走過去。猪從小路裏紛紛跑出。騾車中現出滿洲婦人的髮飾來。賣東西的支那人石破天驚地大叫。看見一

個客，二十個車夫都將車靶塞給他。作爲這混雜和不統一的壓卷的，是黑帽黃線的

——支那巡警茫然的站在街道的中心。

六　珠簾後流光的眸子

——吳闓生先生的請柬送到了：——

> 敎
>
> 本月二十一日（星期日）正午十二時潔樽候
>
> 吳闓生謹訂
>
> 席設本寓

是印在白的紙上的。

這是前一回，招待他的時候，曾經有過希冀的話，說我願意在這時候見一見他的有名的小姐，並且得了允可的。

那天，是炎熱的日曜日。格外要好，穿了禮服去。在不知道怎樣轉彎抹角之間，已經到了他的邸宅了。照例是進大門，過二門，到客廳，吳闓生先生已經穿了支那的正服等候着。他是清朝的碩儒吳汝綸先生的兒子，也有人以為是當今第一的學者的。曾經做過教育次長，現在是大總統的祕書官。傳着舊學的衣鉢，家裏設有講壇，聽說及門的弟子很不少。

那小姐的芳紀今年十七，據說已經蔚然成為一家了，所以我切請見一見。吳先生的年紀大約四十五六罷，但臉上還是年青的書生模樣。他交給我先前託寫的字；又給我小姐親筆的詩稿，有十二行的格子箋上，滿寫着小字。雖說是「鵠見先生教正」，但那里是「教正」的事，署名道「中華女史吳劬君」，還規規矩矩打了印章哩。寫的是「謙六吉軒詩稿自序」，有很長的議論，曰：——

「詩之爲道也，當以聲調動人，以其詞義見作者之心胸。故太白之詩，豪放滿紙，百趣橫生，狂士之態可見；杜甫之詩，忠言貫日，志向高遠，憂思不忘，故終身不免於困窮。」

中途又有答人以爲舊學不適於時世，勸就新學的話：——

「余曰，不然。新舊兩學，並立於當今之時，固未易知其軒輕也。余幸生舊學尚未盡滅之時，仰承累世之餘澤，而又有好古之心。云云。」（譯者注：以上兩節是我從日譯重譯囘來的，原文或不如此。）

簡直不像是十七歲的姑娘的大見識。以後是詩七首，其一曰：——

十剎海觀荷

初夏徵炎景物鮮，連雲翠蓋映紅蓮，需衣細雨迎斜日，吹帽輕風送晚煙。

其次，吳先生又給我兩張長的紙，這是八歲的叫作吳防的哥兒所寫的。寫的是「小松已負干霄志」，還有「鶴見先生大鑒」之類。那手腕，倒要使「鶴見先生」這一邊非常臉紅。

於是廂房的簾子掀開，兩個小姐和一個少年帶着從者出來了。梳着支那式的下垂的頭髮的少女，就是寫這詩集的吳訥君小姐。我談起各樣的——單檢了能懂的——話來，正如支那的女子一般，不過始終微笑着。記得那上衣是水綠色的。

食事開頭了。坐在我的鄰位的客，是肅親王的令弟叫作「奕」的一位。飯後，走出後院去，在槐，楸，棗，柏，桑等類生得很是繁茂的園裏閒步。偶然走近一間屋子去，簾後就發了輕笑聲；隔簾閃鑠着的四個眸子，於是映在我的回顧的眼裏了。這是當招飲外賓的那天，長育在深窗下的少女的好奇心，成了生輝的四個眸子，在珠簾的隙間窺伺着。

（一九二二，八，八。）

說旅行

一

前幾天，有一個美國的朋友，在前往澳洲的途中，從木曜島寄給我一封信，裏面還附着一篇去年死掉的諾思克理夫卿的紀行文。這是他從澳洲到日本來，途次巡游這南太平洋羣島那時的感興記。我在簡短的文章裏，眺着橫溢的詩情，一面想，這眞不愧是出于一世的天才之筆的了。

雖是倫敦郊外的職員生活，他也非給做成一個神奇故事不可的。那美麗的南國的風光，眞不知用了多麼大的魅力，來進迫了他的官能哩。他離開磽确的澳洲的海岸，穿插着駛過接近赤道的羣島。海上闃無微風，望中的大洋，靜得宛如泉水。但時有小小的飛魚躍出，激起水花，聊破了這海的平靜。而且這海，是藍到可以染手一般。他便在這上面，無晝無夜地駛過去。夕照捉住了他的心魂了。那顏色，是惟有曾經旅行南國的人們能夠想像的深的大膽的色調。赤，紫，藍，紺和灰色的一切，凡有水天之處，無不染滿。倘使泰那（W. Turner）見了這顏色，他怕要折斷畫筆，擲入海中了罷。諾思克理夫這樣地寫着。

船也時時到一小島。是無人島。船長使水手肩了帳篷運到陸地上。將這支起來，于是汲水，造石頭竈；船客們便肩了船長的獵鎗，到樹林和小山的那邊去尋小鳥。在寂靜的大洋的小島上，鎗聲轟然一響，僅慣于太古的寥寂的小鳥之羣，便煙雲似的霍然舞上天半。當夕照未離水天時，石竈中火，已經熊熊生燄，帳篷裏的氈毯上，香着小鳥的肉了。星星出來，薰風徐起，坐在小船上的船客，回向本船裏去的時候，則幸福的旅人的唇上，就有歌聲。

一面度着這樣的日子，諾思克理夫是從木曜島，到紐幾尼亞之南；從紐幾尼亞的航路，繞過綏累培司之東，由婆羅洲，飛律賓，漸次來到日本的諸島的。他一到香港，一定便將和魯意喬治的爭吵，將帝國主義，全都忘却，浸在南海的風和色裏了。在這地方，便有大英帝國的大的現在。

使英國偉大者，是旅行。約給英國的長久的將來的繁榮者，是旅行。諾思克理夫雖然生于愛爾蘭，却是道地的英國人。他和英國人一樣地呼吸，一樣地脈搏。而那報章，則風靡全英國了。爲什麽呢？就因爲他將全英國的想像力俘獲了。正如在政界上，魯意喬治拘囚了選舉民的想像力一樣，他將全英國的讀者的空想捉住了。格蘭斯敦死，張伯倫亡，綏希爾羅士也去了的英國的政界上，惟這兩個，是作爲英國的明星，爲民衆的期待和好奇心所會萃的。而他兩人，也都在小政客和小思想家之間，穿了紅禮衣，大踏步儘自走。不，還有一個人。這是小說家威爾士。他將六十卷的力作，擲在英國民衆上面，做着新的運動的頭目。這三個人死了一個，英國的今日，就見得淒淸。

二

豪華的諾思克理夫，將旅行弄成熱鬧了。寂寞的人，是踽踽涼涼地獨行。心的廣大的人，一面旅行，一面開拓着自己的世界。寂寞的人，却緊抱着孤獨的精魂，一面旅行，一面沈潛于自己的內心裏。所以旅行開拓眼界的諺，和旅行使人心狹窄的諺，兩者懸殊而同時也都算作眞理，存立于這世界上。我們說起旅行，常聯想到走着深山鳥道的孤寂的俳人的姿態。這是蟬蛻了世間的旅行。也想起跨着馬，在烈日下前行的斯坦來（H. M. Stanley），將他們當作旅人。這是要征服人間和自然的旅行。這是人們各從所好的人生觀的差別。

三

小說家威爾士所描寫的旅行，是全然兩樣的。那是抱着不安之情的靑年，因爲本國的小糾葛，奔竄而求眞理于廣大的世界的行旅。古之聖人曾經說是「道在近」的。但威爾士却總使那小說的主人公去求在遠的眞理去。這是什麽緣故呢？能就近求得眞理者，是天才。惟有在遠的眞理，是雖屬凡才，也能夠把握的平易的東西。而許多英國人，是旅行着，把握了眞理的。康德從自家的書齋的窗間，望着鄰院的蘋果樹，思索哲學。鄰人一砍去那蘋果樹，思索力的集中便很困難了。而達爾文則旅行全世界，完成了他的進化論。所以威爾士在他的「近代烏托邦」中喝破，以爲烏托邦者，乃是我們可以自由自在，旅行全世界的境地云。

四

嘉勒爾將人們分爲三種，說，第三流的人物，是誦讀者（Reader）；第二流的人物，是思索者（Thinker）；第一流的最偉大的人物，是閱歷者（Seer）。在建築我們的知識這事情之中，從書籍得來的知識，是最容易，最低級的知識。而由看見而知道的知識，則比思索而得的思想，貴重得多。這就因爲閱歷的事，是極其困難的事。

旅行者，是閱歷的機會。古之人旅行着思索，今之人旅行着誦讀。惟有少數的人，旅行而觀宇宙的大文章。

（一九二三，三，二五。）

紐約的美術村

亞美利加是刺戟的國度。

從歐洲回來，站在霍特生河畔的埠頭上，那乾燥透頂的冷的空氣，便將滿身的筋肉抽緊了。摩托車所留下的汽油味，紛然撲鼻。到了亞美利加了的一種情緒，湧上心頭來。耳朶邊上夾着鉛筆的稅關的人員，鼻子尖尖地忙着各處走。黑奴的臥車侍役嚼着橡皮糖（Chewing gum），轆轆地推了大的車，瞬息間將行李搬去了。全身便充滿了所謂「活動的歡喜」一類的東西。一到旅館，是二十層樓的建築裏，有二千個旅客憧憧往來。大廳裏面，每天繼續着祭祝似的喧擾。

在曼哈丹南端的事務所區域裏，是僅僅方圓二里的處所，就有五十萬人像馬蟻一般作工。無論怎樣的雨天，從旅館到五六邁爾以南的事務所去，也可以不帶一把傘，全走地下鐵道。亞美利加人在這里運用着世界唯一的巨大的金錢，營着世界唯一的活動，度着世界唯一的奢侈的生活。一切旅客，都被吞到那旋渦裏去了。

但一到三個月，至多半年，大概的人就厭倦。從紐約到芝加各，從芝加各到聖路易，于是到舊金山，無論提着皮包走到那里去，總是坐着一式的火車，住着一式的旅館，喫着一式的菜單的飯菜。一式的國語無遠弗屆，連語音的訛別也沒有。無論住在那里的旅館裏，總是屋子裏有暖房，牀邊的桌上有電話，小桌子上放着一本「聖經」。無論看那里的報紙，總是用了大大的黑字，揭載着商業會議所的會長的演說，製鞋公司的本年度的付息，電影女明星的戀愛故事和婦女協會的國際聯盟論。而且無論那里的街，街角上一定有藥材店，帖着冰忌廉和綽古辣的廣告，並標明代洗照相的乾片。這眞是要命。大抵的人，便飽于這亞美利加的生活的單調了。當這些時候，日本人就眷念西京的街路，法蘭西人則記得賽因河。

然而，即使在這單調的亞美利加中，最爲代表底的忙碌的紐約市上，也還不是一無足取。紐約之南，有地方叫作華盛頓廣場，這周圍有稱爲格里涅區村的一處。許多故事，就和這地方纏綿着的。到現在，此地也還是衝破紐約的單調的林泉。從古以來，就說倘若三個美術家相聚，即一定有放曠的事(Bohemia)的。在紐約，從事美術文藝者既然號稱二萬五千人，則什麽地方，總該有放曠的適意的處所。那中心地，便是這格里涅區村。自十四路以南，華盛頓廣場以西的一境，是這村的領地。先前是很有些知名的文藝家的住家，富豪的邸宅的，現在却成爲窮畫工和學生的巢窟，發揮着巴黎的「臘丁小屋」似的特長了。舊房子的屋頂裏，有許多畫室(Studio)，畫畫也好，不畫也好，都在這里做窠，營着任意的生活。一到夜間，便各自跑進附近的咖啡店去，發些任意的高談。在叫作「海盜的窠」這咖啡店裏，是侍者裝作海盜模樣。腰懸獲物和飛躍器具，有時也放手鎗之類，使來客高興的。有稱爲「下階三級」的小飯店，有稱爲「糟了的冒險事業」的咖啡店，有稱爲「屋頂中」的咖啡店。此外，起着「黑貓」，「白鼠」，「松鼠的窠」，「痛快的乞丐」那樣毫不客氣的名目的小飲食店，還很不少。而這些却又都是不惹人眼，莫名其妙的門，一進裏面，則濛濛然瀰漫着菸捲的煙霧。在厭倦了亞美利加生活的人，尋求一種野趣生活之處，是有趣的。

推開倉庫一般的不乾淨的灰黑色的門，在昏暗的廊下的盡頭，有幾乎要破了的梯子。走上十步去，便到二樓似的地方。向右一轉，是廚房；左邊是這咖啡店的帷一的大廳。在目下的進步的世界上，這是怎麼一回事呢？電燈一盞也沒有，只點着三四枝搖曳風中的蠟燭。暖房設備，是當然不會有的；屋角的火爐裏，也從來不曾見過火氣。要有客人的囑咐，主婦格萊斯這纔用報紙點火，燒起破箱子的木片來。在熊熊而起的火光前面，轆轆地拖過木頭椅子去，七八個人便開始高談闊論了。

火爐上頭的牆面上，畫着一隻很大的靴子；那旁邊，站一個拿着搬酒菜的盤子的女人。靴的裏面，滿滿地塞着五個小孩子。這是熟客的畫工，要嘲笑這店裏的主婦雖然窮，却有五個小孩子。便取了故事裏所講的先前的窮家的主婦，沒有地方放孩子，就裝在靴裏面了的事，畫在這里的。右手是一丈多寬的壁上，滿畫着許多人們的聚集着的情形。這就是格里湼區村的放曠的情形。那旁邊，有從鄉下出來的老夫婦，好像說是見了什麼奇特的東西似的，恍忽地凝眺着。這所畫的是指對于這里的畫工和樂人的放曠的生活，以爲有趣，從各處跑來的看客的事；那趣旨，大約是在譏刺倒是看客那一面，可笑得多罷。

主婦的格萊斯，也並非什麼美女，但總是頗有趣致的女人，和來客發議論，有時也使客人受窘，而這些地方又正使人覺得有興味；許多熟客，就以和她相見為樂，到這里來消閒。英國人的彫刻家安克耳哈黎，就常來這里，喝得爛醉，嘮叨着酒話的。

年靑的美人碧里尼珂勒司也常來喝咖啡，一來，便取了這里的絃子，一面唱小曲，一面彈。我也曾經常和現在做着意太利大使的小說家卻耳特(Richard W. Child)君夫婦去玩耍，在粗桌上，喫着這家出賣的唯一的殽饌烙雞蛋，講些空話，消遣時光的。（譯者注：看這里，可知「人生的轉向」那篇裏的主人便是這卻耳特。）

再前一點叫作威培黎區的地方，就是我很為崇拜的拉孚和其主人所住的地方；再前一點的顯理街上，先前是有名的妥瑪司培因終日喝着勃蘭地，將通紅的鼻子，突出窗外去，看着街頭的。這記在"Sketch Book"裏，日本人也知道。伊爾文似乎也就住在這近邊，他批評華盛頓廣場周圍的紅磚的房屋道：「紅，是我所喜歡的顏色。爲什麽呢？因爲自己的鞋的顏色是紅的，大統領哲斐生的頭髮是紅的，妥瑪司培因的鼻尖是紅的。」也便是這些地方的事。

這些年青的文學者和音樂家們，一有名，便搬到紐約的山麓去了。所以目前住在這四近的，大抵全是年青的藝術家。我一坐在叫作「格萊士喀烈得」這咖啡店裏，就常有一個學意太利裝束的二十三四歲的青年，顯着美術家似的不拘儀節模樣，來賣綽古辣。有一天，來到我面前，因爲又開始了照例的那演說，我便說，「又是和前回一樣的廣告呀。若是美術家，時時說點不同的話，不好麽？」那位先生夷然的行了一個禮，答道，「我很表敬意于你的記憶力。記憶力是文藝美術的源泉，而引起那記憶力者，實莫過于香味。只要你的記憶力和這綽古辣合併起來，則無論怎樣的美術，就會卽刻發生的。」毫沒有什麽惶窘。

寒冷的北風一發的時候，向北的這二樓的破窗孔裏，往往吹進割膚似的風來。

然而年青的美術家們，却仍然常是拉起外套的領子，直到耳邊，喝着一杯咖啡，不管和誰，交換着隨意的談話。

思想・山水・人物

實價大洋九角半

上海北新書局發行